생활과 한문 2판

남기택 · 박상익 · 정기선 · 최도식 지음

교수자 안내서

북스힐

책머리에

이 책은 『생활과 한문』(2판)의 교수자 안내용 목적으로 제작되었다. 출판사 요청으로 준비한 것이지만 시중의 소위 교사용 지도서 체제에 비하면 부족한 점이 많다. 무엇보다 필자들의 능력이 모자란 탓일 것이다. 덧붙여 변명하자면 애당초 본 교재가 가장 기초적인 한문 이해에 초점을 맞춘 교양서의 콘텐츠라는 전제 때문이기도 하다. 우리는 본 교재의 서문에 다음과 같이 썼다.

> 『생활과 한문』이 거창한 한자 학습을 추구하는 것은 아니다. 이 책은 말 그대로 상식의 차원에서, 최소한의 노력을 통해 학생으로서 갖추어야 할 기초적인 한자 소양을 제고하려는 목적으로 제작되었다. 이 교양 도서가 지식인으로서 한자와 관련된 언어 전유를 돕는 한 도구이기를 바라는 마음이다.(「책머리에」, 『생활과 한문』)

본 교수자용 안내서 역시 최소한의 부연을 통해 학습 편의를 도모하는 방향으로 설계되었다. 간단히 장별로 구성 방향을 정리해보기로 한다. 1부 '한문, 삶, 문화'는 이론편이다. 01장은 '한자의 개요와 원리'를 설명하는 장으로서 언어의 특성, 한자의 전래 등의 일반적 정보를 부기하였다. 기타 기본 개념에 대한 사전적 정의를 참조로 제시하였다. 02장 '선인과의 대화'는 우리나라를 비롯하여 동아시아에서 많이 읽힌 한문 명문을 독해하고 감상하는 내용이다. 각 절별('1. 정치와 경제, 2. 자연과 문화, 3. 가족과 공동체, 4. 수양과 교육')로 1)부터 5)까지의 명문에 한정하여 자세한 해제를 제공하였다.

03장 '한자와 대중사회'는 올해의 사자성어와 속담 등을 통한 한자 익히기의 장이다. 1절('올해의 사자성어')에서는 교재 본문의 내용을 일부 인용하면서 필요한 설명을 괄호 안에 부기하였고, 2절('속담으로 한자 익히기')에서는 제시된 속담 전부에 대한 음을 달았다. 04장 '한자와 생활'은 일상생활에서의 한자어와 다양한 고사성어를 소개한다. 1절 ('한자의 다양한 쓰임')과 2절('고사성어의 이해와 활용') 각각 본문을 일부 인용하며 주요 설명을 부기하였다. 필요한 경우 유래를 소개하거나 해당 한자의 훈과 음을 달았다.

2부 '한문의 이해'는 연습편이다. 05장과 06장은 한자어를 직접 쓰는 연습란으로 구성되어 있다. 05장 '한자어'는 제시되는 한자어가 많아 학생들 스스로의 학습이 필요한 부분이며, '각오'부터 '부속'까지의 한자어에 대해 페이지별로 해제를 제시하였다. 06장 '한자성어'에서는 예시된 모든 한자성어를 대상으로 간략한 보충 설명을 달았다. 한자어를 연습하다 보면 중복되는 어휘가 나오기 마련이다. 05장에서 이미 학습한 단어가 06장에서 반복될 경우 중복 표시를 하였다.

07장 '한자능력 검정시험 및 공무원 고시에 대비한 한자어 습득'은 한자 관련 시험의 유형과 관련 예제를 소개하는 장이다. 일부 용어에 대한 해설, 예제에 대한 답안 및 해제 등을 달았다. 08장은 '시사·경제 관련 한자어 학습'을 위해 사설류 글을 소개하고 거기에 포함된 한자어를 연습한다. 한자 학습을 위해 제시된 단어들의 훈과 음, 부수, 총획을 참고로 제시하였다.

본 교재와 안내서는 요즘 학생들에게 낯설고 어려운 한자와 한문을 조금 더 쉽고 친숙하게 설명하기 위해 노력했다. 하지만 여전히 낯설고 어려운 점이 많을 것이다. 이론적으로 불확실하거나 여전한 쟁점의 영역도 있다. 예컨대 한자의 어원이나 형성 과정을 포함하여 불분명하거나 일치된 견해가 없는 주제가 많다. 깊이를 더할수록 어려워지는 이치는 한자는 물론 모든 언어의 숙명이기도 할 것이다.

'문리(文理)'라는 말이 있다. 이는 사전적으로 "글의 뜻을 깨달아 아는 힘"과 "사물의 이치를 깨달아 아는 힘"이라고 정의된다. 이 책을 학습하는 학생들이 짧은 기간 동안 한자의 뜻을 깨달아 알기는 어려울 것이다. 한자 학습을 하는 동안이라도 언어를 통해 사물의 이치를 이해하려는 태도를 지니면 좋겠고, 다른 학습에도 유용하게 활용되기를 기원한다. 현장 목소리를 반영하며 본 교재나 안내서의 내용을 개선해 나갈 것을 약속드린다.

2023. 11.

남기택, 박상익, 정기선, 최도식

목 차

2부 한문의 이해 - 연습편

1부

한문, 삶, 문화

이론편

01장

한자의 개요와 기원

🔳 단원 설정의 취지

이 단원에서는 한국 사회의 언어생활에서 불가결하게 사용할 수밖에 없는 한자어의 필요성을 강조한다. 한자를 이해하기 위해 그 개요와 기원을 학습해 본다. 아울러 한자의 형성 원리 및 활용 원리인 육서를 학습한다. 더불어 한자 학습을 위해 필수적인 부수를 이해하도록 지도해야 한다.

결과적으로 한국어 사용자로서 한자의 중요성을 인식하고, 한자 학습의 필요성을 학생 스스로 느끼도록 지도하는 것이 중요하다. 또한 한자 학습을 한 뒤 한국어 문해력의 상승을 강조하는 것이 중요하다. 이 장은 학생들이 자신의 문해력 향상을 도모하면서, 자연스럽게 자신의 언어생활을 성찰하도록 이끄는 단원이다.

🔳 학습 목표

· 한자의 개요와 기원을 학습하면서 한자어의 필요성을 인식한다.
· 한자의 서체가 어떻게 형성되었는지와 한자의 형, 음, 의를 이해한다.
· 한자의 육서를 이해하고, 발음과 뜻의 관계를 학습한다.

🔳 지도 및 평가의 유의점

· 한자가 어떻게 탄생되었으며 현재의 한자로 어떻게 변형되었는지를 지도한다.
· 가장 오래된 한자인 갑골문에 대해 지도한다.
· 한자의 형, 음, 의가 무엇인지를 알아보고, 한자가 대상의 외형과 시각적으로 공통점을 가진 글자임을 지도한다.
· 육서를 통해 한자의 의미와 소리가 구성된 원리를 지도한다.

1. 한자의 개요와 기원

① 학습 목표

　・한자의 개요와 기원을 학습하면서 한자어의 필요성을 인식한다.

② 지도 시 유의점

　・한자가 어떻게 탄생되었으며 현재의 한자로 어떻게 변형되었는지를 지도한다.

　・가장 오래된 한자인 갑골문에 대해 지도한다.

③ 본문의 이해와 성찰

1) 한자의 개요

＊ 한자는 유일한 표의문자(表意文字)로 자형(字形)과 자음(字音), 그리고 자의(字意)라는 측면에서 독자적인 구성 원리를 지닌다. 그래서 한자는 의미 결합과 분리가 간결한 편이다. 한자를 통해 구성되는 한문의 통사적 원리는 각 글자의 위치에 따라 결정된다. 현행 고등교육에서 한문의 통사구조를 배우지는 않지만, 사자성어의 의미를 유추하기 위해서는 한자 및 한문 교육이 필요하다.

・**언어의 특성**

　1. 언어의 기호성 : 언어는 의미와 소리로 이루어져 있다. 그것을 결합시킨 것이 언어이며, 그것은 일종의 기호의 형태로 구현된다.

　　예 □ = 사각형(실제 사물을 의미하는 소리의 기호)

　2. 언어의 자의성 : 언어의 의미와 소리의 결합에는 법칙이나 필연 관계가 없다.

　　예 □(한국어 : 사각형 / 영어 : **square**)

　3. 언어의 사회성 : 언어는 사회적인 약속이다. 한 개인이 언어의 의미를 마음대로 바꾸지 못한다. 이를 불역성(不易性)이라 한다.

※ 언어의 자의성과 사회성은 표리일체(表裏一體)이다. 소리와 의미의 결합이 필연적이지 않기 때문에, 사회 구성원들의 약속으로 결정되는 것이다.

4. 언어의 역사성 : 언어는 시간의 흐름과 환경에 따라 변화한다.

예 가람 -> 강(江), 즈믄 -> 천(千)

※ 한국어에서 언어의 역사성의 흐름은 '고유어'가 점차 '한자어'로 변해가는 양상을 보인다.

5. 언어의 창조성 : 언어는 무수하게 많은 단어와 문장을 창조할 수 있다.

예 네티즌 -> 누리꾼

6. 언어의 규칙성 : 언어에는 일정한 규칙이 있다. 이를 '문법'이라고 한다.

예 나는 밥를 마신다(X) / 나는 밥을 먹는다(○)

☞ 교재 5쪽

실제 역사에서 확인할 수 있는 가장 오래된 한자는 은나라 유적지인 '은허(殷墟)'에서 발견된 '갑골문(甲骨文)'이다. 고대에 점을 치거나 은나라의 조상신인 제(帝)에게 아뢰기 위한 용도로 만들어진 글자이다. 동물의 뼈나 거북의 등껍질에 열을 가해서 생긴 갈라진 금을 문자화한 것이 바로 '갑골문자'이다. 이와 같은 갑골문자에서 발전된 고대의 한자는 모두 사물의 형상을 본 뜬 상형(象形)문자이다. 그리고 한자는 '표음(表音)문자'인 한글·알파벳과는 다르다. 한자는 한 개의 글자가 일정한 의미를 가지는 문자라는 뜻에서 '표어(表語)문자(한 글자가 하나의 의미를 가지는 글자)'라고도 불린다.

* 한자의 전래(漢字의 傳來)

한자가 우리나라에 전래(傳來, 외국에서 전하여 들어옴)된 시기는 정확히 알 수 없다. 그러나 고조선이 건국된 이래 우리나라는 중국과 접촉해 왔으므로 한자의 전래도 그때부터 시작되었을 것이다. 이른바 기자조선 말기의 것으로 판명된 명문(銘文) 유적에 의해 이 시기에 한자가 한반도에 전래되었음을 알 수 있다. 위만조선 시대에는 그 추세가 더욱 확대되었을 것이다. 여기에 한사군(漢四郡)의 설치와 한족의 이민을 계기로 한자·한문은 더욱더 활발히 유입되었을 것이다.

고구려, 백제, 신라의 경우 각 나라 사이에 시기적인 차이는 있었지만, 국가체제의 정립과 더불어 한자의 사용이 상당한 정도로 정착되었다고 할 수 있다. 즉, 국가체제를 확립하면서 지식을 가진 관리가 필요하게 된 점, 고구려의 경당이나 태학과 같은 학교가 생긴 점, 고구려 초에 역사 기록이 이루어졌으며 백제도 4세기 후반에 역사 기록이 이루어지고 왕인이 일본에 건너가 한문을 가르친 일 등으로 미루어 짐작할 수 있는 일이다. 이와 함께 한자어의 생성이 표면화되었다. 신라 지증왕 이후의 왕명과 주·군·현(州郡縣) 등 행정구역명, 그리고 법률과 제도를 마련하는 과정에서 중국식 한자어를 사용한 것이 그 예이다. 그 뒤 신라, 고구려에서의 국사 편찬과 문학작품 등이 한문으로 이루어졌고, 한문은 고유어 체계 속으로 침투하여 한자어 생성을 촉진하였다. 이 같은 한자어의 급속한 증가는 고유어에 영향을 미쳐 고유어가 한자어로 대체되는 현상이 점차 일반화되기에 이른다.

한편, 한자의 전래로 문자 생활을 시작한 우리 민족은 한자의 본래 사용법과 아울러 독특한 사용법을 창출하였다. 이는 구어와 문어가 일치하지 않아서 기인한 것으로 이른바 차자표기법(借字表記法)이 그것이다. 차자표기법은 한문 본래의 어순이나 문법에 맞는 구결(口訣)을 달아서 우리말처럼 읽는 방식이 고려시대까지 널리 통용되었고, 한자의 음과 뜻을 따서 우리말을 온전히 표현하는 향찰(鄕札) 역시 사용되었다. 여기에 서리(胥吏)의 사무용어로 주로 쓰인 이두(吏讀)도 조선 후기까지 사용되었다.

동아시아 전체의 공동문자인 한자의 전래는 우리 문화를 중세 문화로 편입시키는 데에 결정적인 기여를 하였다는 점이 한자를 교육할 때 강조해야 하는 점이다. 아울러 우리말의 개념어가 대부분 한자어로 되어 있음도 한자 교육에서 유의할 일이다. 문학사의 측면에서는 구비문학만이 존재하던 시기에서 기록문학의 시대로 전개된 것 역시 한자 전래의 의의이다.

• 참고문헌

김태준, 『조선 한문학사』, 조선어문학회, 1931.

서수생, 「고대 한문학 연구」, 『성산 이재수 박사 환력 기념 논문집』, 1972.

조동일, 『한국문학통사(1)』, 지식산업사, **1982.**

조동일 외, 『한국 문학 강의』, 길벗, **1994.**

2) 서체의 변화

* 한자의 서체가 어떻게 형성되었는지 학습한다.
* 서체의 종류와 의미를 지도한다.
* 서체의 기원과 형태를 지도한다.

※ 서체(書體) : 1. 글씨를 써 놓은 모양. 2. 붓글씨에서 글씨를 쓰는 일정한 격식이나 양식. 한자
에서 해서·행서·초서·예서·예서, 한글에서 궁체 따위를 이른다.(〈표준국어대사전〉)

書 : 글 서. 부수 曰(가로 왈, 4획). 총획 10획.
體 : 몸 체. 부수 骨(뼈 골, 10획). 총획 23획.

2. 한자의 형성 원리 및 활용 원리[六書]

① 학습 목표

  · 한자의 형, 음, 의를 이해한다.

② 지도 시 유의점

  · 한자의 형, 음, 의가 무엇인지를 알아보고, 한자가 대상의 외형과 시각적으로 공통
    점을 가진 글자임을 지도한다.
  · 학생들의 이해를 돕기 위해 획수와 필순을 지켜 한자를 쓰는 것을 보여준다.

③ 본문의 이해와 성찰

1) 형(形) · 음(音) · 의(義)

形 : 모양 형. 부수 彡(터럭 삼, 3획). 총획 7획.
音 : 소리 음, 그늘 음. 부수 音(소리 음, 9획). 총획 9획.
義 : 옳을 의. 부수 ⺶(羊, 䒑, 芉, 양 양, 6획). 총획 13획.

* **획수(劃數)** : 한자 한 글자가 지닌 줄의 수.

  예 삼갈 신(愼) : **13획**

* **필순(筆順)** : 한자를 쓰는 순서.

* **한자어(漢字語)** : **2**자 이상의 한자로 된 단어

  예 강산(江山), 충효(忠孝), 상중하(上中下), 천지인(天地人), 동서남북(東西南北)

* **한문(漢文)** : 한자로 이루어진 문장

2) 육서 : 발음 및 부수와 뜻의 관계

※ 육서(六書) : 1. 한자의 구조 및 사용에 관한 여섯 가지의 명칭. 상형(象形), 지사(指事), 회의 (會意), 형성(形聲), 전주(轉注), 가차(假借)를 이른다. 2. 한자의 여섯 가지 서체(書體). 대전 (大篆)·소전(小篆)·예서(隷書)·팔분(八分)·행서(行書)·초서(草書), 또는 고문(古文)·기자(奇字)· 전서(篆書)·예서(隷書)·무전(繆篆)·충서(蟲書)를 이른다.(〈표준국어대사전〉)

六 : 여섯 륙(육). 부수 八(여덟 팔, 2획). 총획 4획.
書 : 글 서. 부수 曰(가로 왈, 4획). 총획 10획.

3. 부수(部首)의 이해 : 비슷한 의미로 묶어보기

① 학습 목표

· 부수를 학습함으로써 한자의 구성과 의미를 이해할 수 있도록 지도한다.

② 지도 시 유의점

· 부수를 통해 한자의 의미를 추리하는 방법을 학습한다.

· 같은 부수를 사용하는 글자를 예로 들어 부수 학습의 중요성을 설명한다.

③ 본문의 이해와 성찰

· 본문에 제시된 기본 정보를 파악한다.

※ 부수(部首) : 한자 자전에서 글자를 찾는 길잡이 역할을 하는 공통되는 글자의 한 부분. 예
를 들어 '衣'는 '表', '衲', '衾', '被' 따위 글자의 부수이다.(〈표준국어대사전〉)

部 : 떼 부, 거느릴 부. 부수 阝(우부 방, 3획), 총획 11획
首 : 머리 수. 부수 首(머리수, 9획), 총획 9획.

4. 한자를 쓰는 순서[筆順]

① 학습 목표

- 학생들이 필순에 따라 한자를 쓸 수 있도록 한다.
- 학생들이 기본적인 필순을 익힘으로써 한자 쓰기의 기초를 습득하도록 한다.

② 지도 시 유의점

- 학생들이 직접 실습하면서 필순을 익힐 수 있도록 한다.
- 학생들이 한자 쓰는 것을 어렵지 않도록 친절하고 쉽게 지도한다.

③ 본문의 이해와 성찰

- 본문에 제시된 기본 정보를 파악한다.

필순(筆順) : 글씨를 쓸 때의 획(劃)의 순서.(<표준국어대사전>)

筆 : 붓 필. 부수 ⺮(대 죽, 6획). 총획 12획.
順 : 순할 순. 부수 頁(머리 혈, 9획). 총획 12획.

02장

선인과의 대화

▣ 단원 설정의 취지

1443년 세종이 훈민정음을 창제하기 전까지 우리 조상들은 중국의 문자인 한자를 빌려 일상생활을 영위했다. 우리 조상들이 창조한 전통문화는 한자와 한문에 많은 부분을 빚지고 있다.

한자와 한문을 배우는 일은 우리 선인들이 남긴 문화유산과 선인들의 정신세계를 이해하기 위한 첫걸음이라고 할 수 있다. 이를 위해 우리나라를 비롯한 동아시아에서 많이 읽힌 한문 명문을 독해하고 감상하고자 한다.

▣ 학습 목표

· 우리나라를 비롯한 동아시아에서 많이 읽힌 좋은 글을 독해하는 능력을 키운다.
· 한문으로 된 글을 읽고 감상함으로써 옛사람들의 정신세계와 문화를 이해한다.
· 한문 독해에 필요한 기본적인 문법 지식을 습득한다.

▣ 지도 및 평가의 유의점

· 한문을 독해하면서 학생들이 해당 내용의 현대적 의미를 찾을 수 있도록 유도한다.
· 한문의 내용과 의미를 설명할 때 학생들이 쉽게 이해할 수 있도록 예를 들어 설명한다.
· 한문 독해에 필요한 기초적인 문법 지식을 습득할 수 있도록 자세히 지도한다.

1. 정치(政治)와 경제(經濟) ☞ 교재 20쪽

① 학습 목표

- 우리나라를 비롯한 동아시아에서 많이 읽힌 좋은 글을 독해하는 능력을 키운다.
- 정치와 경제 관련 글을 읽고 감상함으로써 옛사람들의 정신세계와 문화를 이해한다.

② 지도 시 유의점

- 한문을 독해하면서 학생들이 해당 내용의 현대적 의미를 찾을 수 있도록 유도한다.
- 한문의 내용과 의미를 설명할 때 학생들이 쉽게 이해할 수 있도록 예를 들어 설명한다.

③ 본문의 이해와 성찰

■ 1) ~ 5) 해제

1) 苛政猛於虎

小子聽之 苛政猛於虎

너희들은 잘 들어라. 가혹한 정사는 호랑이보다 사나운 것이니라.

(禮記)

(해제) 가정맹어호

소자청지 가정맹어호

어릴 소, 아들 자, 들을 청, 어조사 지, 가혹할 가, 정치 정, 사나울 맹, 어조사 어, 호랑이 호.

- 소자 : 너희들. 나이 어린 사람을 지칭할 때 주로 쓰임.
- 가정 : 가혹한 정치.
- 어 : 어조사 어(於)는 '~보다, ~에'로 사용되는데, 여기에서는 비교할 때 사용되는 '~보다'로 쓰임.

※ EBS수능 문제집에 실리기도 한 조선 후기 관리 김창협의 한시 「산민(山民)에는 '사나운 호랑이가 무섭지만, 탐관오리를 피해 깊은 산속에서 화전민들의 삶'이 표현된 바 있음. 백성들을 위한 좋은 정치인, 관리의 중요성을 이야기할 수 있음.

2) 民猶水也

唐太宗之言曰 民猶水也 君猶舟也 水能載舟 亦能覆舟

당 태종이 말하였다. '백성은 물과 같고 임금은 배와 같으니, 물은 배를 띄울 수 있으나 또한 배를 전복시킬 수 있다.'

(崔益鉉, 勉菴集)

(해제) 민유수야

당태종지언왈 민유수야 군유주야 수능재주 역능복주

당나라 당, 클 태, 마루 종, 어조사 지, 말씀 언, 말할 왈, 백성 민, 같을 유, 물 수, 어조사 야, 임금 군, 배 주, 능할 능, 실을 재, 배 주, 또 역, 전복할 복.

- 당태종언지왈 : 당 태종이 말하였다.
- 당 태종 : 수나라 말기 혼란한 중국을 통일한 이세민(李世民). 중국 역사에서 뛰어난 황제로 손꼽힘. 그가 중국을 다스릴 때 사용한 연호가 정관(貞觀)인데 그의 연호를 사용한 이른바 '정관의 치'는 태평성대를 상징하는 말로 자주 쓰임.
- 민유수야 : 백성은 물과 같다.
- 군유주야 : 임금은 배와 같다.
- 유 : '오히려'의 뜻으로 해석하는 경우도 있으나 '같다'의 뜻으로 해석해야 함.

· 과유불급(過猶不及) : '지나침은 미치지 못함과 같음'으로 해석해야 함. '지나침은 오히려 미치지 못한 일만 못함'으로 해석해서는 안 됨.

· 수능재주 : 물은 배를 띄울 수 있다.

· 재 : 실을 재. 올릴 재. 띄울 재. 적재(積載). 쌓을 적.

· 역능복주 : 또한 (물은) 배를 전복시킬 수 있다.

· 복 : 넘어질 복. 엎어질 복. 전복(顚覆). 뒤집힐 전.

※ 나라의 근본은 백성이라는 뜻의 민본사상을 강조할 때 자주 사용하는 내용임. 비록 민주주의 사상이 발달하지 못한 전근대 시기에도 백성들을 아끼고 중요하게 여겨야 한다는 생각을 발견할 수 있음.

3) 如北辰

子曰 爲政以德 譬如北辰 居其所 而衆星共之

공자께서 말씀하셨다. "정치를 하는데 덕으로 하는 것은, 비유하자면 북극성이 제자리에 있는데 뭇별들이 그를 향해 도는 것과 같다."

(論語)

(해제) 여북진

자왈 위정이덕 비여북진 거기소 이중성공지

아들 자, 이를 왈, 할 위, 정치 정, 써 이, 덕 덕, 비유할 비, 같을 여, 북녘 북, 별 진, 머무를 거, 그 기, 장소 소, 말이을 이, 뭇 중, 별 성, 함께 공, 어조사 지.

· 자왈 : 공자께서 말씀하셨다. 공자와 그 제자들의 대화록인 『논어』에서 '자왈'은 스승인 공자의 이야기를 의미함.

· 위정 : 정치를 함, 곧 정치를 의미함.

· 이덕 : 덕으로

· 비여 : 비유하자면 ~과 같다.

- 북진 : 북극성. 북극성은 늘 같은 자리에 있기 때문에 예로부터 밤에 이동하는 사람들에게 방향을 찾는 기준이 되었음.
- 거기소 : 제자리에 있음. 그 자리에 있음. 북극성은 늘 같은 자리에 있다는 것을 의미함.
- 이중성공지 : 뭇별들이 북극성을 향해 도는 것.

※ 세상의 기준이 되는 임금이 제자리에 있는 북극성처럼 신하와 백성을 덕으로 감화시키면 신하와 백성 나아가 온 천하가 제대로 돌아간다는 유가의 무위 사상을 말한 것임. 도가의 무위는 저절로 움직이는 자연처럼 자연에 순응하고 일체 인위적인 일을 하지 않는 것이지만, 유가의 무위는 현명한 인재를 발탁하고 임금이 덕으로 신하와 백성을 감화하면 저절로 태평한 세상이 된다는 데에 도가와 유가의 차이가 있음.

4) 正名

齊景公問政於孔子 孔子對曰 君君 臣臣 父父 子子

제나라 경공이 공자에게 정치에 관하여 물어보았다. 공자가 대답했다. "임금은 임금 노릇을 하고 신하는 신하 노릇을 하고 아비는 아비 노릇을 하고 자식은 자식 노릇을 하는 것입니다."

(論語)

(해제) 정명

제경공문정어공자 공자대왈 군군 신신 부부 자자

제나라(가지런할) 제, 클 경, 공 공, 물을 문, 정치 정, 어조사 어, 클 공, 아들 자, 마주할 대, 이를 왈, 임금 군, 신하 신, 아비 부, 아들 자.

- 제경공 : 중국 춘추시대 제나라의 군주 경공.
- 문정 : 정치에 관하여 묻다.
- 어공자 : 공자에게. 어조사 어(於)는 '~에'로 사용됨.

※ 이름을 바르게 한다는 정명은 이름으로 대변되는, 자신에게 주어진 사회적 책무를 다해야 한다는 것을 말함. 공자가 말한 '군군'은 임금은 임금답게, '신신'은 신하는 신하답게, '부부'는 아버지는 아버지답게, '자자'는 아들은 아들답게를 의미하는 것으로, 유교 사상은 각자의 직분에 충실하고, 정체성을 지켜야 하는 것이 기본 사상임. 그래서 신하가 임금을 배반하고, 아들이 부모를 배덕하는 일을 패륜(悖倫)으로 규정한 것임.

5) 大道

大道廢有仁義 慧智出有大僞 六親不和有孝慈 國家昏亂有忠臣

대도가 폐하면 인의가 있게 되고, 지혜가 출현하면 큰 거짓이 있게 되고, 육친이 불화하면 효도와 자애가 있게 되고, 국가가 혼란하면 충신이 있게 된다.

(老子)

(해제) 대도

대도폐유인의 혜지출유대위 육친불화유효자 국가혼란유충신

큰 대, 진리(길) 도, 폐할 폐, 있을 유, 어질 인, 옳을 의, 지혜 혜, 지혜 지, 나갈 출, 거짓 위, 여섯 육, 친할 친, 아닐 불, 화할 화, 효도할 효, 자애 자, 나라 국, 집 가, 어지러울 혼, 어지러울 란, 충성 충, 신하 신

- 대도 : 큰 진리. 여기에서 대도는 도가가 강조하는 무위자연(無爲自然)의 진리를 말함. 무위자연은 인위적으로, 억지로 하지 않아도 저절로 되는 것을 말함.
- 대도폐유인의 : 대도 즉 도가에서 말하는 무위자연의 진리가 폐하면 유가의 진리인 인의가 있게 됨. 도가에서는 유가에서 강조하는 인의가 인위적 가치라고 비판함.
- 혜지출유대위 : 여기에서 말하는 혜지 곧 지혜는 유가에서 강조하는 지혜임. 사람의 의도를 살피는 지혜가 있으면 그것을 속이려는 거짓이 있게 됨.
- 육친 : 부자, 형제, 부부. 또는 부모, 형제, 처자. 결국 육친은 나와 가장 가까운 피붙이 6명을 의미함. 공자의 후계자 맹자는 친친(親親)이라고 해서 어버이를 친애하는 것이 바로 인이라고 했음. 이처럼 유가에서는 친친을 매우 중시했는데, 도가에서는

유가에서 효도와 자애를 강조하는 것이 인위적이라고 비판했음. 이러한 관점에서 "육친불화유효자"는 육친으로 대변되는 가족 간의 사이가 화목하지 않으면 사람들은 효도와 자애를 강조하게 됨. 유가가 효도와 자애를 강조한 것은 가족 간의 사이가 멀어졌기 때문임.

- 국가혼란유충신 : "육친불화유효자"처럼 도가의 관점에서, 유가는 국가가 혼란해지면 충신을 강조함. 도가는 유가가 인위적으로 충을 강조한다고 비판함.

2. 자연(自然)과 문화(文化) ☞ 교재 26쪽

① 학습 목표

- 우리나라를 비롯한 동아시아에서 많이 읽힌 좋은 글을 독해하는 능력을 키운다.
- 자연과 문화 관련 글을 읽고 감상함으로써 옛사람들의 정신세계와 문화를 이해한다.

② 지도 시 유의점

- 한문을 독해하면서 학생들이 해당 내용의 현대적 의미를 찾을 수 있도록 유도한다.
- 한문의 내용과 의미를 설명할 때 학생들이 쉽게 이해할 수 있도록 예를 들어 설명한다.

③ 본문의 이해와 성찰

■ 1) ~ 5) 해제

1) 樂山樂水

子曰 知者樂水 仁者樂山 知者動 仁者靜 知者樂 仁者壽

공자께서 말씀하셨다. "지혜로운 사람은 물을 좋아하고, 어진 사람은 산을 좋아하며, 지혜로운 사람은 동적이고, 어진 사람은 정적이며, 지자는 즐겁게 살고 인자는 오래 산다."

(論語)

(해제) 요산요수

자왈 지자요수 인자요산 지자동 인자정 지자낙 인자수

아들 자, 이를 왈, 알 지, 사람 자, 좋아할 요, 물 수, 어질 인, 산 산, 움직일 동, 고요할 정, 즐거울 락, 목숨 수

- 자왈 : 공자께서 말씀하셨다. 공자와 그 제자들의 대화록인 『논어』에서 '자왈'은 스승인 공자의 이야기를 의미함.
- 지자 : 지혜로운 사람. 여기에서 지는 단순히 많이 아는 사람이 아니라 사물의 이치에 밝은, 즉 지혜로운 사람을 의미함.
- 요수 : 물을 좋아함. 교재 11쪽에 있는 것처럼, "樂"은 '지자요수 인자요산'처럼 '좋아할 요'로 쓰이기도 하고, '지자락 인자수'처럼 '즐거울 락'으로 쓰이기도 함.
- 지자요수 : 지혜로운 사람이 물을 좋아하는 것은 물이 멈추지 않고 흐르듯 자신의 지혜로 세상에서 일하기를 좋아한다는 것으로 해석할 수 있음.
- 인자 : 어진 사람. 공자는 『논어』에서 군자의 가치로 인(仁)을 굉장히 강조했음.
- 요산 : 산을 좋아함. 요수와 마찬가지로"樂" '좋아할 요'로 쓰임.
- 인자요수 : 어진 사람이 산을 좋아하는 것은 산이 움직이지 않고 안정적으로 있는 것처럼 세상이 안정된 상태를 좋아한다는 것으로 해석할 수 있음.
- 지자동 : 지혜로운 사람은 물이 멈추지 않고 흐르듯 활동적인 삶을 살아감.
- 인자정 : 어진 사람은 산이 움직이지 않고 안정적으로 있는 것처럼 정적인 삶을 살아감.
- 지자낙 : 지혜로운 사람은 물이 멈추지 않고 흐르듯, 스스로 노력하여 자신의 뜻을 이룸으로써 즐거워 함.
- 인자수 : 어진 사람은 모든 것을 품는 산처럼 욕심이 없기 때문에 장수함.

※ 요산요수 : 산을 좋아하고 물을 좋아함. 산수의 즐거움을 말한 것으로, 산과 물로 상징되는 자연에서 깊은 이치를 깨닫는 내용임.

2) 又示二子家誡

陸子靜曰 宇宙間事 是己分內事 己分內事 是宇宙間事 大丈夫不可一日無此 商量 吾人本分 也自不草草

육자정이 "우주 사이의 일이란 바로 자기 분수 안의 일이요, 자기 분수 안의 일은 바로 우주 사이의 일이다."라고 하였는데, 대장부라면 하루라도 이러한 생각이 없어서는 안 된다. 우리 인간의 본분이란 역시 그냥 허둥지둥 넘길 수 없는 것이다.

(丁若鏞, 與猶堂全書)

(해제) 우시이자가계

육자정왈 우주간사 시기분내사 기분내사 시우주간사 대장부불가일일무차상량 오인본분 야자불초초

뭍(땅) 륙, 아들 자, 고요할 정, 이를 왈, 집 우, 집 주, 사이 간, 일 사, 이(바로) 시, 나 기, 나눌 분, 안 내, 큰 대, 어른 장, 사내 부, 아닐 불, 될 가, 일 일, 날 일, 없을 무, 이 차, 헤아릴 상, 헤아릴 량, 나 오, 사람 인, 근본 본, 어조사(또한) 야, 스스로(저절로) 자, 거칠 초

- 우시이자가계 : 또 두 아들에게 보여주는 가계. 또 우. 보일 시. 둘 이, 아들 자, 집 가, 경계할 계. 가계는 집안에 경계하는 내용을 의미함.
- 육자정 : 중국 송나라의 성리학자 육구연(陸九淵, 1139~1192). 자정(子靜)은 그의 자(字)임. 자는 본명 대신 부르는 이름. 주자(朱子) 즉 주희(朱熹)와 편지를 주고받으며 철학 논쟁을 벌임.
- 우주간사 : 우주 사이의 일. 세상일.
- 시기분내사 : 시(是)는 '-이다'로 사용됨. 중국어 문법에서 "我是學生"은 "나는 학생이다", 이때 시(是)는 '-이다'로 사용됨. 나 기(己)는 자기(自己)로 해석함. 나눌 분(分)은 분수(分數)로 해석함.
- 기분내사 시우주간사 : 자신의 일은 곧 세상 모든 일과 다름없다는 내용임. 그래서 정약용이 이어서 대장부라면 하루라도 자신의 일을 소홀히 생각해서는 안 된다고 말한 것임.
- 대장부불가일일무차상량 : 상량은 장사할 상, 양 양이지만 장사(또는 협상)를 잘 하려면 사람의 마음을 헤아려야 하고, 양을 정확히 알기 위해서는 분량을 헤아려야 함.

- 야자불초초 : 야(也)는 '또, 역시'로 해석함. 자(自)는 '절로, 그냥'으로 해석함. 초초
  (草草)는 '거칠다, 대충, 허둥지둥'으로 해석함.

3) 天長地久

天長地久 天地所以能長且久者 以其不自生 故能長生

천지는 장구하다. 천지가 길고 또 오래갈 수 있는 까닭은 그것이 자기만 살려고 하지
않기 때문이다. 그러므로 오래 살 수 있다.

(老子)

(해제) 천장지구

천장지구 천지소이능장차구자 이기부자생 고능장생

하늘 천, 길 장, 땅 지, 오랠 구, 바(까닭) 소, 써 이, 능할 능, 또 차, 사람(것) 자, 그
기, 아닐 불, 스스로 자, 날 생, 그러할 고

- 천장지구 천지소이능장차구자 : 천지로 대변되는 자연은 인간이 생각하는 것보다
  오래되었음. 자연이 오래 저절로 유지되는 까닭을 말하고 있음. 소이(所以)는 '~하는
  까닭' 정도로 해석함. 자(者)는 보통 '사람'을 의미하지만 경우에 따라 '것'으로 해석
  하기도 함.
- 이기불자생 고능장생 : 노자 즉 도가의 관점에서 자연이 저절로 오래가는 이유를 설
  명한 것임. 도가에서는 자연을 모든 것을 품어주는, 공존하는 존재로 바라봄. 이(以)
  는 '~로써' 정도로, 고(故)는 '그러므로' 정도로 해석함.

4) 地毬

地毬上下有人之說 至西洋人始詳

지구 아래위에 사람이 살고 있다는 설은 서양 사람들이 처음으로 자세히 논한 것이다.

(李瀷, 星湖僿說)

(해제) 지구

지구상하유인지설 지서양인시상

땅 지, 공 구, 윗 상, 아래 하, 있을 유, 사람 인, 어조사 지, 말할 설, 이를 지, 서쪽 서,
바다 양, 처음 시, 자세할 상

・지구상하유인지설 지서양인시상 : 조선 후기 실학자 이익은 서양에서 지구가 둥글
다는 주장이 나온 것을 잘 알고 있었음. 조선 후기 실학자들이 서양의 자연과학에
대해서 큰 관심이 있었음을 알 수 있음. 대부분 지구를 지구(地球)라고 씀. 毬와 球
는 같은 글자임. 지(之)는 '~의' 정도로 해석함. 지(至)는 '~에 의해' 정도로 해석함.
예) 서양 사람들에 의해 처음으로 자세히 논의되었다.

5) 菊影詩序

菊於諸花之中 其殊絕有四 晩榮其一也 耐久其一也 芳其一也 豔而不冶 潔而
不凉其一也

국화가 여러 꽃 중에서 특히 뛰어난 것이 네 가지 있다. 늦게 피는 것이 하나이고,
오래도록 견디는 것이 하나이고, 향기로운 것이 하나이고, 고우면서도 화려하지 않고
깨끗하면서도 싸늘하지 않은 것이 하나이다.

(丁若鏞, 與猶堂全書)

(해제) 국영시서

국어제화지중 기수절유사 만영기일야 내구기일야 방기일야 염이불야 결이불량기일야

국화 국, 어조사 어, 모두 제, 꽃 화, 갈 지, 가운데 중, 그 기, 뛰어날(다를) 수, 빼어날
절, 있을 유, 넉 사, 늦을 만, 꽃 영, 그 기, 일 일, 어조사 야, 견딜 내, 오랠 구, 향기(꽃다
울) 방, 고울 염, 아닐 불, 장식할(풀무) 야, 깨끗할 결, 서늘할 량

・국영시서 : 국화 그림자를 읊은 시의 서. 예전 문인들은 시를 비롯한 글을 지을 때

서문을 지어서 창작 동기나 배경을 밝혔는데, 정약용도 국화에 관한 시를 지으면서 관련 서문을 남겼음. 국화 국, 그림자 영, 시 시, 처음 서.

- 어조사 어, 여러(모두) 제, 어조사 지, 가운데 중, 그 기, 특별할 수, 뛰어날 절, 있을 유, 넉 사, 늦을 만, 꽃 영, 일 일, 어조사 야, 견딜 내, 오랠 구, 꽃다울(꽃향기) 방, 고울 염, 말이을 이, 아닐 불, 풀무(장식할) 야, 깨끗한 결, 서늘할 량

- 국어제화지중 기수절유사 : 선비들이 좋아하는 꽃 국화의 아름다움을 네 가지로 요약했음. 어(於)는 '~에' 정도로 해석함. 지(之)는 '~의' 정도로 해석함.

- 만영기일야 내구기일야 방기일야 염이불야 결이불량기일야 : 영(榮)은 명사 '꽃'이 아니라 동사 '꽃이 핀다' 정도로 해석함. 방(芳)은 '꽃향기' 정도로 해석함. 젊은 여성을 꽃에 비유하여 방년(芳年)이라고 함. 판소리 <춘향가>의 주인공 춘향이 방년이라고 할 수 있음. 야(冶)는 불을 피울 때 바람을 일으키는 기구인 풀무를 의미함. 그래서 대장간, 대장장이 등으로 사용되지만 여기에서는 '장식하다, 예쁘다' 정도로 사용되었음.

3. 가족(家族)과 공동체(共同體) ☞ 교재 32쪽

① 학습 목표

- 우리나라를 비롯한 동아시아에서 많이 읽힌 좋은 글을 독해하는 능력을 키운다.
- 가족과 공동체 관련 글을 읽고 감상함으로써 옛사람들의 정신세계와 문화를 이해한다.

② 지도 시 유의점

- 한문을 독해하면서 학생들이 해당 내용의 현대적 의미를 찾을 수 있도록 유도한다.
- 한문의 내용과 의미를 설명할 때 학생들이 쉽게 이해할 수 있도록 예를 들어 설명한다.

③ 본문의 이해와 성찰

■ 1)~5) 해제

1) 立身揚名

立身行道 揚名於後世 以顯父母 孝之終也

입신해서 도를 행하여 후세에 이름을 드날려 그 부모를 드러내는 것이 효의 마침이다.

(孝經)

(해제) 입신양명

입신행도 양명어후세 이현부모 효지종야

설 립, 몸 신, 다닐 행, 길 도, 날릴 양, 이름 명, 어조사 어, 뒤 후, 세상 세, 써 이, 드러날 현, 아버지 부, 어머니 모, 효도할 효, 어조사 지, 마칠 종, 어조사 야

- 입신행도 : 입신 즉 세상에 나아가 자기의 지위를 확고하게 세우고, 도(진리)를 실천함.
- 양명어후세 이현부모 효지종야 : 어조사 어(於)는 '~보다, ~에'로 사용되는데, 여기에서는 앞말이 시간이나 장소일 때 오는 '~에'로 쓰임. 써 이(以)는 '~로서/로써'로 쓰임. 세상에 자신의 이름을 알림으로써 자신을 낳아주고 길러준 부모를 드러냄. 유가에서 추구하는 효도의 이상적인 모습임.

2) 昊天罔極

詩曰 父兮生我 母兮鞠我 哀哀父母 生我劬勞 欲報深恩 昊天罔極

『시경』에서 말하였다. "아버지 나를 낳으시고, 어머니 나를 기르시니, 애달프다, 부모님이시어! 나를 낳아 기르시느라 애쓰셨도다. 그 은혜를 갚고자 하는데 하늘처럼 끝이 없도다!"

(詩經)

(해제) 호천망극

시왈 부혜생아 모혜국아 애애부모 생아구로 욕보심은 호천망극

시 시, 이를 왈, 아버지 부, 어조사 혜, 날 생, 나 아, 어머니 모, 기를 국, 슬플 애, 수고로울 구, 일할 로, 하고자 할 욕, 갚을 보, 깊을 심, 은혜 은, 하늘 호, 하늘 천, 없을(그물) 망, 다할 극

- 시왈 : 시왈에서 시(詩)는 중국에서 가장 오래된 시집으로 공자가 편찬했다고 알려진 시경(詩經)을 의미함.
- 부혜생아 모혜국아 : 어조사 혜(兮)는 감탄사로 특별한 의미는 없음.
- 애애부모 생아구로 : 애애(哀哀)는 같은 글자를 두 번 말하는 경우 애달픔을 강조한 것.
- 욕보심은 호천망극 : 부모의 은혜를 갚고 싶지만, 그 은혜가 하늘과 같아서 갚을 수 없음을 말함. 망극은 교재 130쪽에 나옴.

3) 孝於親 子亦孝之

太公曰 孝於親 子亦孝之 身旣不孝 子何孝焉

태공이 말하였다. "내가 어버이에게 효도하면 내 자식이 또한 나에게 효도하기 마련이니, 자신이 어버이에게 효도하지 않았는데 자식이 어찌 나에게 효도하겠는가?"

(明心寶鑑)

(해제) 효어친 자역효지

태공왈 효어친 자역효지 신기불효 자하효언

클 태, 벼슬(공평할) 공, 이를 왈, 효도할 효, 어조사 어, 부모(친할) 친, 아들 자, 또 역, 갈 지, 몸 신, 이미 기, 아닐 불, 어찌 하, 어찌 언

- 태공왈 효어친 자역효지 : 태공은 주나라 초기 정치가로, 무왕을 도와 은나라를 멸망하고 천하를 평정한 인물. 효어친에서 주어가 생략되었지만 친(親)은 많은 경우 자신의 부모를 의미함.유가에서는 자신과 가장 친밀한 존재를 부모라고 봄. 그래서 한문에서 친(親)은 부모를 뜻하는 경우가 많음.
- 신기불효 자하효언 : 신(身)은 자신을 의미함. 언(焉)은 '어찌 ~하겠는가' 정도로 해석함.

4) 子欲養而親不待

樹欲靜而風不止 子欲養而親不待

나무가 잠잠해지려 하나 바람이 그치지 아니하고 자식은 봉양하고자 하나 어버이가 기다려주지 않는다.

(漢氏外傳)

(해제) 자욕양이친부대

수욕정이풍부지 자욕양이친부대

나무 수, 하고자 할 욕, 고요할 정, 말이을 이, 바람 풍, 아닐 부, 그칠 지, 아들 자, 하고자 할 욕, 기를 양, 부모(친할) 친, 기다릴 대

∴ 부지, 부대 : 불(不)은 뒤에 이어지는 말이 'ㄷ, ㅈ'으로 시작하면 부(不)로 읽음.

※ 자식이 부모를 모시고 효도하고 싶어도 부모가 별세하여 그렇지 못함을 나무가 가만히 있으려고 해도 바람이 불어 그렇지 못한 상황에 비유한 것임. 그래서 이 구절은 세상을 떠난 부모를 생각할 때 자주 사용됨.

5) 三年之愛

子生三年然後 免於父母之懷 三年之喪 天下之通喪也

자식은 나은 지 3년이 된 후에야 부모의 품에서 벗어난다. 삼년상은 온 천하의 공통되는 상례이다.

(論語)

(해제) 삼년지애

자생삼년연후 면어부모지회 삼년지상 천하지통상야

아들 자, 날 생, 석 삼, 해 년, 그러할 연, 뒤 후, 면할 면, 어조사 어, 아버지 부, 어머니 모, 갈 지, 품을 회, 잃을 상, 하늘 천, 아래 하, 통할 통, 어조사 야

※ 공자의 제자 재여(宰予)가 삼년상이 길고 현실에 맞지 않으니 1년으로 줄이는 것이 어떠냐고 공자에게 물었다. 그러자 공자는 재여에게 1년이 지나서 상복을 벗으면 몸과 마음이 편하냐고 되물었다. 재여가 그렇다고 대답하자, 공자는 네가 편하다면 편한 대로 하라고 나무랐다. 재여가 문을 나가자, "재여는 어질지 못하구나. 자식은 나은지 3년이 된 후에야 부모의 품에서 벗어난다. 삼년상은 온 천하의 공통되는 장례이다. 재여도 제 부모에게 삼년의 사랑을 받았겠지 [予之不仁也 子生三年然後 免於父母之懷 夫三年之喪 天下之通喪也 予也有三年之愛於其父母乎]"라고 하였다.

대부분의 동물은 태어나자마자 혼자 걷고 뛰고 먹이를 찾아 먹을 수 있지만 사람은 그렇지 못함. 사람은 오랫동안 양육자의 도움을 받아야 생존이 가능함. 공자는 사람이 태어나면 적어도 3년까지 부모의 돌봄 없이는 살아갈 수 없기 때문에 부모가 돌아가시면 마땅히 3년 동안은 날마다 상복을 입고 부모의 죽음을 애도해야 한다고 생각했음. 그래서 유교 문화권에서는 부모가 돌아가시면 삼년상을 치르는 전통이 이어졌음.

4. 수양(修養)과 교육(敎育) ☞ 교재 38쪽

① 학습 목표

- 우리나라를 비롯한 동아시아에서 많이 읽힌 좋은 글을 독해하는 능력을 키운다.
- 수양과 교육 관련 글을 읽고 감상함으로써 옛사람들의 정신세계와 문화를 이해한다.

② 지도 시 유의점

- 한문을 독해하면서 학생들이 해당 내용의 현대적 의미를 찾을 수 있도록 유도한다.
- 한문의 내용과 의미를 설명할 때 학생들이 쉽게 이해할 수 있도록 예를 들어 설명한다.

③ 본문의 이해와 성찰

■ 1)~5) 해제

1) 人能弘道

子曰 人能弘道 非道弘人

공자께서 말씀하셨다. "사람이 도를 크게 할 수 있는 것이지, 도가 사람을 크게 할 수 있는 것이 아니다."

(論語)

(해제) 인능홍도

자왈 인능홍도 비도홍인

아들 자, 이를 왈, 사람 인, 능할 능, 클 홍, 길 도, 아닐 비

※ 수업 시간 같은 교사에게 같은 내용을 배우더라도 어떤 학생은 수업 내용을 100% 이해하는 학생이 있고, 어떤 학생은 절반도 이해하지 못하는 경우가 있음. 사람의 능력이나 태도에 따라 도(진리)를 이해하고 제 것으로 만드는 것이 제각기 다르므로 무슨 일이든 적극적이고 주체적인 태도로 임할 필요가 있음을 말함.

2) 士志於道

子曰 士志於道 而恥惡衣惡食者 未足與議也

공자께서 말씀하셨다. "선비가 도에 뜻을 두고도 좋지 않은 옷을 입고, 좋지 않은 음식 먹기를 부끄러워하는 사람은 족히 더불어 이야기할 것이 못 된다."

(論語)

(해제) 사지어도

자왈 사지어도 이치악의악식자 미족여의야

아들 자, 이를 왈, 선비 사, 뜻 지, 어조사 어, 길 도, 말이을 이, 부끄러울 치, 나쁠 악, 옷 의, 음식 식, 사람 자, 아닐 미, 만족할 족, 더불 여, 의논할 의, 어조사 야

- 사지어도 : 어조사 어(於)는 앞말이 시간이나 장소일 때 오는 '~에'로 쓰임. 여기에서 도는 진리를 의미함.
- 이치악의악식자 : 이(而)은 앞의 구절과 연결해주는 역할을 함. 악의와 악식에서 악(惡)은 '나쁘다'로 해석함. 악(惡)은 경우에 따라 '싫어할 오(惡)'로 해석함. 예) 혐오(嫌惡). 자(者)는 '~하는 사람' 정도로 해석함.
- 미족여의야 : 미족(未足)은 '족히 ~하지 못함, 족히 ~할 수 없음' 정도로 해석함.

3) 獨善其身

孟子 謂宋句踐曰 子好遊乎 吾語子遊 人知之亦囂囂 人不知亦囂囂 曰 何如 斯可以囂囂矣 曰 尊德樂義 則可以囂囂矣 故士窮不失義 達不離道 窮不失義

故士得己焉 達不離道 故民不失望焉 古之人 得志 澤加於民 不得志 修身見
於世 窮則獨善其身 達則兼善天下

맹자께서 송구천에게 말씀하셨다. "그대는 유세하는 것을 좋아하는가? 내가 그대에게
유세하는 방법에 대해 말해주겠네. 남이 알아주더라도 자족하고, 남이 알아주지 않더
라도 자족해야 하네." 송구천이 물었다. "어떻게 해야 자족할 수 있습니까?" 맹자께
서 대답하셨다. "덕을 높이고 의를 즐거워하면 자족할 수 있네. 그러므로 선비는 곤
궁해도 의를 잃지 않으며, 출세해도 도를 떠나지 않는다네. 곤궁해도 의를 잃지 않기
때문에 선비가 자신의 지조를 지키고, 출세해도 도를 떠나지 않기 때문에 백성들이
실망하지 않는다. 옛사람들은 자신의 뜻을 이루면 은택이 백성에게 더해지고, 자신의
뜻을 이루지 못하면 몸을 닦아 세상에 자신을 드러냈으니, 곤궁하면 홀로 자기 몸을
선하게 하고, 출세하면 천하 사람들을 모두 선하게 하였다네.

(孟子)

(해제) 독선기신

맹자 위송구천왈 자호유호 오어자유 인지지역효효 인부지역효효 왈 하여 사가이효효
의 왈 존덕락의 칙가이효효의 고사궁불실의 달불리도 궁불실의 고사득기언 달불리도 고
민불실망언 고지인 득지 택가어민 부득지 수신현어세 궁칙독선기신 달칙겸선천하

맏 맹, 아들 자, 이를 위, 나라 송, 글귀 구, 밟을 천, 이를 왈, 좋아할 호, 유세할(놀)
유, 부를 호, 나 오, 말씀 어, 사람 인, 알 지, 갈 지, 또 역, 시끄러울 효, 아닐 불, 어찌
하, 같을 여, 이 사, 될 가, 써 이, 어조사 의, 높을 존, 덕 덕, 즐거울 락, 옳을 의, 곧 즉,
그러할 고, 선비 사, 궁할 궁, 아닐 불, 잃을 실, 도달할 달, 떨어질 리, 진리(길) 도, 얻을
득, 이미 이, 나 기, 어찌 언, 백성 민, 바랄 망, 옛 고, 갈 지, 뜻 지, 은혜(윤택할) 택, 더
할 가, 어조사 어, 닦을 수, 몸 신, 드러낼 현, 세상 세, 홀로 독, 착할 선, 그 기, 겸할 겸,
하늘 천, 아래 하

- 맹자위송구천왈 자호유호 오어자유 : 자(子)는 다른 사람을 가리킬 때 '그대'라는 뜻
  으로 해석함. 유(遊)는 '놀다'라는 뜻도 있지만 (밖에서) 떠돌다 등의 뜻이 있음 예)
  유학(遊學) 유세(遊說).

- 인지지역효효 인부지역효효 : 인(人)은 다른 사람을 가리킬 때 '남' 또는 '타인' 정도의 뜻으로 해석함. 효(囂)는 '시끄럽다'라는 뜻이 있지만 **효효(囂囂)**는 '욕심을 내지 않고 스스로 만족하는 모습'을 뜻하는 것이 일반적임. 원래 글자와 다른 뜻이어서 이상해 보일 수 있지만 『맹자』에서 **효효(囂囂)**를 이렇게 해석한 이후 동아시아 문명권에서는 모두 『맹자』와 같이 해석했음.
- 왈 하여 사가이효효의 : 하여(何如)는 '어떻게', '어째서' 정도로 해석함. 가이(可以)는 '~로 할 만함' 정도로 해석함.
- 고사궁불실의 달불리도 궁불실의 고사득기언 달불리도 고민불실망언 : 궁달(窮達)은 빈궁(貧窮)과 영달(榮達)로 서로 반대되는 개념임. 여기에서는 궁(窮)을 '곤궁'으로, 달(達)을 '출세'로 해석함. 기(己)는 '몸, 나, 자기(自己)' 등의 뜻을 가짐. 여기에서는 '자신의 지조'로 해석함.
- 고지인 득지 택가어민 부득지 수신현어세 궁칙독선기신 달칙겸선천하 : 지(志)는 단순한 뜻이나 생각이 아니라 자신이 실현하고자 하는 가치와 이상을 의미함. 현(見)은 '보다'를 의미할 때는 '견'으로 읽지만 '드러나다'를 뜻할 때는 '현'으로 읽음. 독선기신의 기신(其身)은 '자신의 몸'을 의미함.

※ 독선기신과 겸선천하는 유가에서 추구하는 지식인의 모습임. 궁과 달은 서로 반대되는 개념으로, 여기에서는 알기 쉽게 빈궁과 출세라고 해석했음. 자신이 추구하는 가치나 이상을 펼칠 수 있는 상황과 그렇지 않은 상황으로 이해할 수 있음. 그래서 자신이 추구하는 가치나 이상을 펼칠 수 없는 상황에서는 홀로 자신의 몸과 마음을 닦으며 미래를 준비하고, 자신이 추구하는 가치나 이상을 펼칠 수 있는 상황이 되면 혼자 잘 먹고, 잘 사는 것이 아니라 세상 사람들과 함께 선하게 살아가는 것이 유가에서 추구하는 지식인의 모습임.
학생들에게 적용해보면 원하는 시험 성적이 나오지 않았을 때 쉽게 좌절하거나 포기하는 것이 아니라 앞으로 있을 시험이나 자신의 미래를 위해 꾸준히 준비하며, 원하는 시험 성적이나 일의 결과가 나왔을 때 혼자 기뻐하고 다른 사람들에게 자랑할 것이 아니라 다른 사람과 함께 더 큰 인생의 목표를 향해 함께 정진해야 한다는 의미로 해석할 수 있음.

4) 良能, 良知

孟子曰 人之所不學而能者 其良能也 所不慮而知者 其良知也 孩提之童 無
不知愛其親也 及其長也 無不知敬其兄也 親親 仁也 敬長 義也 無他 達之天
下也

맹자께서 말씀하셨다. "사람들이 배우지 않아도 할 수 있는 것은 양능이요, 생각하지
않아도 알 수 있는 것은 양지이다. 두세 살 먹은 아이라도 그 어버이를 사랑할 줄 모
르는 이가 없으며, 장성해서는 그 형을 공경할 줄 모르는 이가 없다. 어버이를 친애
함은 어짊이고, 어른을 공경함은 의로움이니, 이는 다른 것이 아니라 천하 어디에서
나 통하는 똑같은 이치이다."

(孟子)

(해제) 양능, 양지

맹자왈 인지소불학이능자 기양능야 소불려이지자 기양지야 해제지동 무부지애기친야
급기장야 무부지경기형야 친친 인야 경장 의야 무타 달지천하야

맏 맹, 사람 자, 이를 왈, 사람 인, 갈 지, 바 소, 아닐 불, 배울 학, 말이을 이, 능할 능,
사람(것)자, 그 기, 어질 양, 능할 능, 어조사 야, 생각할 려, 알 지, 어린아이 해, 끌 제,
갈 지, 아이 동, 없을 무, 아닐 부, 사랑할 애, 친할 친, 미칠 급, 어른(클) 장, 공경할 경,
형 형, 어질 인, 옳을 의, 다를 타, 도달할 달, 하늘 천, 아래 하

· 맹자왈 인지소불학이능자 기양능야 소불려이지자 기양지야 : 양능(良能)과 양지(良
  知)는 타고난 재능과 지혜를 말함.
· 해제지동 무부지애기친야 급기장야 무부지경기형야 : 해제(孩提)는 2~3세 정도 되는
  나이를 말함. 기친(其親)과 기장(其兄)은 그 부모와 그 형을 말함. 반면 기장(其長)은
  '(그가) 장성하고' 정도로 해석함. 급(及)은 앞의 구절과 연결될 때 사용함. '~과/와'
  정도로 해석할 수 있음.
· 친친 인야 경장 의야 무타 달지천하야 : 친친(親親)은 '부모를 친하게 여기고, 부모
  를 사랑하고', 경장(敬長)은 '어른을 공경하고' 정도로 해석함. 모두 동사와 목적어

구조임. 앞에서도 언급했지만, 맹자는 자신과 가장 가까운, 친한 존재가 부모라고 생각하고 부모를 공경하는 것이 가장 중요한 일이라고 생각했음. 달은 통달(通達)하다로, 모두에게 두루 통하다 정도로 해석함.

※ 공자의 후계자 맹자는 공자가 말했던 인과 의에 대해서 보다 구체적으로 정의를 내렸음. 맹자가 보기에 모든 사람은 양능과 양지처럼 타고난 본성이 있고, 그것은 바로 부모를 사랑하고 어른을 공경하는 일이라고 보았음.

5) 勸學文

勿謂今日不學而有來日 勿謂今年不學而有來年 日月逝而歲不我延 嗚呼老而是誰之愆 少年易老學難成 一寸光陰不可輕 未覺池塘春草夢 階前梧葉已秋聲

오늘 배우지 않고서 내일이 있다고 말하지 말고, 금년에 배우지 않고 내년이 있다고 말하지 말라! 해와 달은 가고 세월은 나를 기다리지 않으니, 아아, 늙어 후회한들 이 누구의 허물인가? 소년은 늙기 쉽고 배움은 이루기 어려우니, 잠시라도 시간을 가볍게 여기지 말라! 연못가의 봄풀은 아직 꿈을 깨지도 못하는데, 뜰 앞의 오동나무 잎은 벌써 가을 소리를 전하는구나!

(朱子)

(해제) 권학문

물위금일불학이유래일 물위금년불학이유래년 일월서이세불아연 명호로이시수지건 소년이로학난성 일촌광음불가경 미각지당춘초몽 계전오엽이추성

아닐 물, 이를 위, 이제 금, 날 일, 아닐 불, 배울 학, 말이을 이, 있을 유, 올 래, 해 년, 날 일, 달 월, 갈 서, 해 세, 나 아, 늘일 연, 울 명, 부를 호, 늙을 로, 이 시, 누구 수, 갈 지, 허물 건, 적을 소, 쉬울 이, 늙을 로, 어려울 난, 이룰 성, 날 일, 마디 촌, 빛 광, 그늘 음, 될 가, 가벼울 경, 아직 미, 깰(깨달을) 교(각), 연못 지, 연못 당, 봄 춘, 풀 초, 꿈 몽, 섬돌 계, 앞 전, 오동나무 오, 잎 엽, 이미 이, 가을 추, 소리 성

- 물위 : 물위(勿謂)는 '(문장 전체를) ~하지 말라' 정도로 해석함. 물(勿)은 불(不)과 비교해 더 강한 부정의 뜻을 지님.
- 일월서이세불아연 명호로이시수지건 : 세불아연(歲不我延)은 '세월은 나를 기다리지 않는다' 정도로 해석함. 명호(嗚呼)는 '아!' 정도의 감탄사로 해석함. 시수지건(是誰之愆)은 '이 누구의 허물인가?' 정도로 해석함.
- 소년이로학난성 일촌광음불가경 : 이(易)는 '쉽다' 정도로 해석함. 역(易)으로 읽을 때는 '바꾸다'의 뜻임. 교재 11쪽을 참조. 일촌(一寸)은 손가락 한 마디 정도의 매우 짧은 길이를, 광음(光陰)은 해와 달로 시간이나 세월을 뜻함. 결국 일촌광음(一寸光陰)은 매우 짧은 시간을 말함.
- 미교(각)지당춘초몽 계전오엽이추성 : 미교(未覺)일 때는 '봄풀이 아직 꿈을 깨지 못한다'로, 미각(未覺)일 때는 '(문장 전체를) 아직 깨닫지 못한다' 정도로 해석함. 계전(階前)은 섬돌 앞, 집 앞에 있는 뜰을 뜻함.

※ 학문을 이루지도 못했는데 벌써 청춘은 지나가고 노년이 되었다는 의미를 지닌 시로, 주자가 쓴 시임. 조선시대 학문을 처음 배우는 사람들이 읽는 『명심보감』에도 있음. 조선시대 문인들의 글이나 조선왕조실록 등 여러 역사 기록에서 자주 보이는 매우 유명한 글임.

03장

한자와 대중사회(大衆社會)

🔳 단원 설정의 취지

일상생활에서 한자는 다양하게 사용되고 있다. 특히 대중매체나 실용문에서도 한자는 매우 유용하게 사용된다.

우리는 한자가 어떻게 사용되고 있는지에 대해 학습할 필요가 있다. 이는 단순히 지식을 향상시키는 것이 아닌, 의사소통 능력을 기르는 것이기 때문이다.

🔳 학습 목표

· 대중매체에서 한자를 사용하는 형식을 이해한다.
· 매년 교수들이 한자를 통해 사회·정치를 어떻게 표현하는가를 통해 시사 상식을 습득한다.

🔳 지도 및 평가의 유의점

· 올해의 사자성어와 시사적인 면을 정확하게 설명한다.
· 지나친 정치적 편견을 가지지 않도록 공정하게 설명한다.
· 우리말 속담으로 이루어진 사자성어를 쓰거나 읽는 것으로 평가하기보다는, 속담의 의미를 이해하는 것으로 평가한다.

1. 올해의 사자성어(四字成語) ☞ 교재 45쪽

① 학습 목표

· 사자성어를 통해 사회·문화를 설명하는 것을 이해한다.
· 연예인들을 표현한 사자성어를 만들어본다.

② 지도 시 유의점

· 올해의 사자성어와 시사적인 면을 정확하게 설명한다.
· 지나친 정치적 편견을 가지지 않도록 공정하게 설명한다.
· 외우기보다는 흥미를 가질 수 있도록 설명한다.

③ 본문의 이해와 성찰

· 이 부분은 시사·정치적인 이슈가 많이 등장하므로 정치적 편향성을 드러내어 강의하지 않도록 한다. 하지만 시사·사건 등의 이슈와 연관시켜 강의하는 것은 학생들의 이해를 돕고 사회에 관심을 가지므로 더 효과적이다.

* 2003년 올해의 사자성어는 '右往左往'(이리저리 왔다 갔다 하며 일이나 나아가는 방향을 종잡지 못함)이었다. 참여정부 출범 이후 정치, 외교, 경제 분야에서 정책이 혼선을 빚고, 대구지하철 참사(2003년 2월 18일 대구 지하철에서 시한부 판정을 받은 김모씨가 지하철에서 휘발유를 뿌리고 방화한 사건. 192명의 사망자가 발생했다) 까지 발생하는 등 사회의 각 분야가 제자리를 찾지 못한 채 갈 곳을 잃은 모습을 보였기 때문이다. 2004년은 '黨同伐異'(시비를 가리지 않고 내 편, 네 편을 갈라 무조건 배격함), 2005년은 '上火下澤'(불이 위에 놓이고 못이 아래에 놓인 모습으로 분열한 상황을 의미함), 2006년은 '密雲不雨'(하늘에 구름만 빽빽하고 비가 되어 내리지 못하는 상태, 어떤 일의 조건은 모두 갖추었으나 일이 이루어지지 않음), 2007년 '自欺欺人'(자기를 속이고 남을 속인다는 의미, 거짓말이 넘치는 세태를 풍자함)이 각각 선정됐다.

* 2008년 이명박 정부 첫 해의 사자성어는 '護疾忌醫'(병을 숨기면서 의사에게 보이지

않는 것)였다. 이는 문제가 있는데도 다른 사람의 충고를 꺼려 듣지 않는다는 것을 가리킨다. 이어 2009년에는 '旁岐曲逕'(일을 바르게 하지 않고 그릇된 수단을 써서 억지로 함), 2010년에는 '藏頭露尾'(진실을 숨겨두려 했지만 실마리는 이미 만천하에 드러나 있음), 2011년에는 '掩耳盜鐘'(나쁜 일을 하고 비난을 듣기 싫어 귀를 막지만 소용없음)이었다. 이명박 정부 마지막 해인 2012년에는 '擧世皆濁'이 선정됐다. '거세개탁'은 중국 초나라 충신 굴원(屈原 : **전국시대 초나라의 시인이자 정치인. 그의 작품인 어부사는 한자문화권의 지식인들에게 널리 불려졌다**)의 「어부사(漁父辭)」에 나오는 고사성어로, '온 세상이 흐리지만 나 홀로 맑고, 모두가 취했지만 나 홀로 깨어 있다.'에서 따왔다. ☞ 교재 46쪽

* 박근혜 정부가 출범한 2013년 올해의 사자성어는 '倒行逆施'(순리를 거슬러 행동한다)였다. 이 말은 잘못된 길을 고집하거나 시대착오적으로 나쁜 일을 꾀하는 것을 비유한다. 『사기(史記)』「오자서열전(伍子胥列傳)」에 등장하는 오자서(중국 춘추시대 오나라의 인물로 아버지와 형의 복수를 하기위해 초나라(**현재 중국 양쯔강에 있던 나라**)를 멸망시킨 사람. 『**손자병법**』으로 유명한 손무가 군대를 지휘했다)가 그의 벗에게 한 말로, 어쩔 수 없는 처지 때문에 도리에 어긋나는 줄 알면서도 부득이하게 순리에 거스르는 행동을 했다는 데서 유래했다. 도행역시를 추천한 육영수 중앙대 교수(역사학과)는 "박근혜 정부의 출현 이후 국민들의 기대와는 달리 역사의 수레바퀴를 퇴행적으로 후퇴시키는 정책·인사가 고집되는 것을 염려하고 경계한다."라고 추천 이유를 밝혔다.

* 2014년은 '指鹿爲馬'(사슴을 가리켜 말이라 우김)가 선정됐는데, '얼토당토않은 것을 우겨서 남을 속이려 함'을 뜻한다. 『사기(史記)』「진시황본기(秦始皇本紀)」에서 조고(**진나라의 환관이자 간신. 진 시황제의 유언을 위조하여 2세 황제를 옹립했다**)가 황제에게 사슴을 말이라고 고함으로써 진실과 거짓을 제멋대로 조작한 데서 유래했다. 지록위마를 올해의 사자성어로 추천한 곽복선 경성대 교수(중국통상학과)는 "2014년은 수많은 사슴들이 말로 바뀐 한 해였다."며 "온갖 거짓이 진실인 양 우리 사회를 강타했다."라고 평가했다.

* 문재인 정부가 출범한 2017년에는 올해의 사자성어로 '破邪顯正'이 선정됐다. '파사현정'은 사악한 것을 부수고 사고방식을 바르게 한다는 뜻이다. 파사현정은 불교 삼론종의 기본 교의이며, 삼론종의 중요 논저인 길장의 『삼론현의(三論玄義)』에 실린 고사성어다. 최경봉 원광대 교수(국어국문학과)와 최재목 영남대 교수(철학과)가 나란히 파사현정을 올해의 사자성어 후보로 추천했다. 최경봉 교수는 "사견(邪見 : 불교 용어에서 유래한 말로, 올바르지 못하고 요사스러운 생각이나 의견. 지도할 때 개인적인 생각을 의미하는 사견(私見)과는 다름을 강조한다)과 사도(邪道 : 올바르지 못한 길이나 사악한 도리. 기독교의 '사도(使徒)'와는 다름을 언급한다)가 정법(正法 : 바른 법칙)을 눌렀던 상황에 시민들은 올바름을 구현하고자 촛불을 들었으며, 나라를 바르게 세울 수 있도록 기반이 마련됐다."라며 "적폐청산이 제대로 이뤄졌으면 한다."라고 추천 이유를 밝혔다. 최재목 교수의 추천 이유도 그 궤를 같이한다. 최재목 교수는 "최근 적폐청산의 움직임이 제대로 이뤄져 '파사(破邪)'에만 머물지 말고 '현정(顯正)'으로까지 나아갔으면 한다."라고 추천에 대한 뜻을 내비쳤다.

• 개세지재(蓋世之才) 김연아

김연아를 표현하는 사자성어로는 '세상을 덮을 만한 재주'라는 뜻의 개세지재(蓋世之才)를 포함해 '붕정만리(鵬程萬里 : 붕새가 한 번 날아가면 그 길이 만리라는 의미. 먼 길 또는 원대한 사업이나 계획을 의미함)', '철중쟁쟁(鐵中錚錚 : 평범한 사람들 가운데에서 특별히 뛰어난 사람을 의미함)', '경국지색(傾國之色 : 나라를 기울게 할 정도의 아름다운 여성.)', '명모호치(明眸皓齒 : 맑은 눈동자와 하얀 치아라는 뜻으로 조조의 아들인 조식이 지은 『낙신부(洛神賦)』라는 시에서 유래하였다.)' 등이 뽑혔다.

• 천의무봉(天衣無縫) 장동건

장동건은 잘생긴 외모를 들어내는 사자성어가 많았다. '천의무봉(天衣無縫 : 천사가 입는 옷에는 바느질 자국도 없이 완벽하다는 의미로 자연스럽고 아름다우면서 완전함을 이르는 말임)', '인중지룡(人中之龍)', '우성인자(優性因子)' 등이 돋보였으며, 너무 잘생긴 탓에 '돌연변이(突然變異)'도 뽑혔다. 그러나 외출을 잘 하지 않는 성격 탓에 '두문불출(杜門不出 : 집에만 있고 바깥출입을 하지 않음. 고려가 망한 뒤 고려의 유신들이 두문동에 들어가 조선 조정에서 일하지 않은 것에서 유래함)'도 나왔다.

• 요원지화(燎原之火) 비

비는 2006년 시사주간지 타임지가 선정한 '세계에서 가장 영향력 있는 인물 100인'에 선정된 것처럼 월드스타의 면모를 갖춰 '요원지화(燎原之火 : 들에 불이 붙으면 매우 빨리 퍼져나간다는 뜻으로, 그 기세가 걷잡을 수 없이 맹렬한 상황을 의미함)', '교룡운우(蛟龍雲雨 : 비와 구름을 얻은 용이 하늘로 승천한다는 의미. 위대한 사람이 기회를 얻어 큰 활약을 함. 용의 능력은 구름과 비를 조절하는 것인데, 이무기가 여의주를 얻으면 용이 되어 비와 구름을 불러 하늘로 승천한다는 것에서 유래)', '군자불기(君子不器 : 군자는 한가지 용도에만 쓰이는 그릇이 되어서는 안 된다는 뜻. 즉, 좋은 선비는 다양한 능력을 갖추어야 한다는 의미)' 등의 호평을 받았다. 그러나 최근 미국 콘서트 최소와 관련해 거액의 손해 배상 소송과 연애사건에 휘말린 탓인지 '호사다마(好事多魔)', '설상가상(雪上加霜)' 등도 있었다.

• 마부작침(磨斧作針) 유재석

유재석은 그의 꾸준한 노력을 높이 사 '마부작침(磨斧作針 : 도끼를 갈아 바늘을 만든다는 뜻. 꾸준히 노력하여 뜻을 이룬다는 의미)' '대기만성(大器晩成)' 등이 있었으며, 성실한 모습과 관련해 '우공이산(愚公移山)', '노마십가(駑馬十駕 : 둔한 말이 열흘 동안 수레를 끌고 다닌다는 뜻. 재주가 없는 사람도 열심히 하면 훌륭한 사람에 미칠 수 있음을 비유한 의미)'를 뽑았다. 그리고 슬기롭고 예의 바른 모습을 보이기에 '명철보신(明哲保身)' '겸양지덕(謙讓之德)' 등의 고사를 꼽기도 했다.

2. 속담(俗談)으로 한자 익히기 ☞ 교재 50쪽

① 학습 목표

· 사자성어로 표현한 우리 속담을 통해 선인의 지혜를 학습한다.

② 지도 시 유의점

· 단순 암기를 지양하고 학생들이 흥미를 느낄 수 있도록 설명한다.

③ 본문의 이해와 성찰

■ 속담 해제

☞ 교재 50쪽

盲睡覺(맹수교) (盲人之睡 如寤如寐)(맹인지수 여오여매)

소경 잠자나 마나.

-> 일을 하나 마나 성과가 없음. 각(覺)은 '깨우치다'의 뜻일 때에는 각으로 읽지만, '잠을 깨다'의 뜻일 때에는 교로 읽는다.

甘呑苦吐(감탄고토)

달면 삼키고 쓰면 뱉는다.

結者解之(결자해지)

맺은 놈이 풀지.

-> 일을 저지른 사람이 그 일을 해결해야 한다는 말

孤掌難鳴(고장난명)

두 손뼉이 맞아야 소리가 난다. (한 손으로는 손뼉을 못 친다, 한 손뼉이 울지 못한다.)

-> 혼자서는 일을 이룰 수가 없다는 의미

同價紅裳(동가홍상)

같은 값이면 다홍치마. (같은 값이면 과부집 머슴살이, 같은 값이면 껌정소 잡아먹는다.)

-> 같은 노력이 들어가면, 더 좋은 일을 선택한다는 의미

☞ 교재 51쪽

山底杵貴(산저저귀)

산 밑 집에 방앗공이가 귀하다.

-> 산처럼 나무가 많은 곳에서 방앗공이가 없다는 뜻으로 그 고장에서 나는 것이 도리어 그 고장에서 귀함

舌底有斧(설저유부) (舌下斧)(설하부)

혀 아래 도끼 들었다.

-> 말을 잘못하면 재앙을 받게 되니 늘 말을 삼가라는 말.

信木熊浮(신목웅부) (知斧足斫, 自斧刖足)(지부족작, 자부월족)

믿는 나무에 곰이 핀다. (믿는 도끼에 발등 찍힌다, 믿었던 돌에 발부리 채었다.)

失馬治廐(실마치구) (晩時之歎)(만시지탄)

소 잃고 외양간 고친다. (말 잃고 외양간 고친다.)

暗中瞬目(암중순목) (暗中眴目 誰知約束)(암중현목 수지약속)

어두운 밤에 눈 깜짝이기.

-> 남이 없는 곳에서 아무리 좋은 일을 하여도 아무 보람이 없다는 뜻

於異阿異(어이아이)

어 다르고 아 다르다.

烏飛梨落(오비이락)

까마귀 날자 배 떨어진다.

-> 아무 상관도 없이 한 일이 공교롭게도 때가 같아 난처한 입장에 서게 된다는 의미

吾鼻三尺(오비삼척) (吾鼻涕垂三尺)(오비체수삼척)

내 코가 석 자.

牛耳讀經(우이독경)

쇠귀에 경 읽기. (쇠귀에 염불, 쇠코에 경 읽기, 말 귀에 염불.)

賊反荷杖(적반하장)

도둑이 도리어 몽둥이를 든다.

鳥足之血(조족지혈)

새 발의 피.

旱時太出(한시태출)

가뭄에 콩 나듯 한다.

☞ 교재 52쪽

騎馬 欲率奴(기마 욕솔노)

말 타면 종 거느리고자 한다. (말 타면 경마 잡히고 싶다.)

釜底笑鼎底(부저소정저) (釜底鐺底 煤不屑詆)(부저당저 매불서저)

가마솥 밑이 노구솥 밑을 검다 한다. (똥 묻은 개가 겨 묻은 개 나무란다.)

死後 藥方文(사후 약방문)

사람 죽은 뒤에 약 처방 한다.

隨友 適江南(수우 적강남)

친구 따라 강남 간다.

谷無虎 先生兎(곡무호 선생토)

범 없는 골에 토끼가 스승이라. (호랑이 없는 골에 토끼가 왕 노릇 한다, 사자 없는
산에 토끼가 왕[대장] 노릇 한다.)

錦繡衣 喫一時(금수의 끽일시)

비단이 한 끼라.

-> 호화롭게 살다가도 구차하게 되면, 아무리 귀중한 것도 밥 한 끼와 바꾸게 된다
　는 말.

急噉飯 塞喉管(급담반 색후관)

급히 먹는 밥이 목이 멘다.

難上之木 勿仰(난상지목 물앙)

오르지 못할 나무 쳐다보지도 말라.

對笑顔 唾亦難(대소안 타역난)

웃는 낯에 침 뱉으랴. (웃는 낯에 침 못 뱉는다.)

馬往處 牛亦往(마왕처 우역왕) (馬行處 牛亦去)(마행처 우역거)

말 가는 데 소도 간다.

聞則疾 不聞藥(문즉질 불문약)

들으면 병이요 안 들으면 약이다.

奔獐顧 放獲兎(분장고 방획토)

달아나는 노루 보다가 이미 잡은 토끼 놓친다. (노루 잡는 사람에 토끼가 보이나.)

-> 큰 것에 욕심을 내다가 도리어 자기가 가진 것마저 잃어버린다는 말

☞ 교재 53쪽

不好事 紡車似(불호사 방차사)

빈부귀천이 물레바퀴 돌 듯. (사람 한평생이 물레바퀴 돌듯 한다.)

-> 사람의 운수는 늘 돌고 돌며 변한다는 뜻

兒在負 三年搜(아재부 삼년수)

업은 아이 삼 년 찾는다.

量吾被 置吾足(양오피 치오족)

누울 자리 봐 가며 발을 뻗어라.

養子息 知親力(양자식 지친력)

자식을 길러 봐야 부모 사랑을 안다.

肉登俎 刀不怖(육등조 도불포)

도마 위의 고기가 칼을 무서워하랴. (도마에 오른 고기.)

-> 죽게 될 지경에 있는 사람이 무엇을 두려워하겠느냐는 뜻.

陰地轉 陽地變(음지전 양지변) (塞翁之馬)(새옹지마)

음지가 양지 되고, 양지가 음지 된다.

-> 사람의 운수는 늘 돌고 돌며 변한다는 뜻

鳥久止 必帶矢(조구지 필대시)

오래 앉으면 새도 살을 맞는다.

-> 편하고 이롭다 하여 한 곳에 너무 오래 있으면 결국 화를 입게 된다.

竹竿頭 過三秋(죽간두 과삼추)

사람이 궁할 때는 대 끝에서도 삼 년을 산다.

-> 아무리 어려운 처지에 놓이더라도 사람은 스스로 살아 나갈 방도를 마련함을 비
   유적으로 이르는 말

吹恐飛 執恐虧(취공비 집공휴)

불면 날아갈까, 쥐면 꺼질까.

橫步行 好去京(횡보행 호거경)

모로 가도 서울만 가면 된다.

後生角 高何特(후생각 고하특) (後生可畏, 靑出於藍)(후생가외, 청출어람)

나중 난 뿔이 우뚝하다.

不燃之突 烟不生(불연지돌 연불생)

아니 땐 굴뚝에 연기 나랴.

☞ 교재 54쪽

善睡家 善眠者聚(선수가 선면자취)

조는 집은 대문턱부터 존다. (조는 집에 자는 며느리 온다, 잠보 집은 잠보만 모인다.)

-> 주인이 게을러 졸고 있으면 집안 전체가 다 그렇게 된다는 말.

積功之塔 豈毀乎(적공지탑 기훼호) (積功之塔 不墮)(적공지탑 불타)

공든 탑이 무너지랴.

반의어 : 공든 탑도 개미구멍으로 무너진다.

觀美之餌 啖之亦美(관미지이 담지역미)

보기 좋은 떡이 먹기도 좋다.

狗尾三朞 不成貂皮(구미삼기 불성초피)

개 꼬리 삼 년 두어도 황모(黃毛) 못 된다. (개 꼬리 삼 년 묵어도 [묻어도/두어도] 황모 되지 않는다.)

農夫餓死 枕厥種子(농부아사 침궐종자)

농사꾼은 굶어 죽어도 종자는 베고 죽는다.

盜之就拿 厥足自麻(도지취나 궐족자마)

도둑이 제 발 저리다.

盲人之睡 如寤如寐(맹인지수 여오여매)

소경 잠자나 마나. (장님 잠자나 마나.)

百家之里 必有悖子(백가지리 필유패자)

동네마다 후레아들 하나씩 있다.

三歲之習 至于八十(삼세지습 지우팔십)

세 살 적 버릇이 여든까지 간다.

水深可知 人心難知(수심가지 인심난지)

열 길 물속은 알아도 한 길 사람 속은 모른다. (열 길 물속은 알아도 한 길 사람의 속은 모른다, 쉰 길 물속은 알아도 한 길 사람 속은 모른다, 천 길 물속은 알아도 한 길 사람 속은 모른다.)

蔬之將善 兩葉可辨(소지장선 양엽가변)

될성부른 나무는 떡잎부터 알아본다. (잘 자랄 나무는 떡잎부터 안다[알아본다].)

☞ 교재 55쪽

十人之守 難敵一寇(십인지수 난적일구)

열 사람이 지켜도 한 도둑놈을 못 막는다. (도둑 한 놈에 지키는 사람 열이 못 당한다.)

十斫之木 罔不顚覆(십작지목 망불전복)

열 번 찍어 아니 넘어 가는 나무 없다.

我復旣飽 不察奴飢(아복기포 불찰노기)

제 배 부르니 종의 배 고픈 줄 모른다. (제 배 부르니 종의 밥 짓지 말란다, 상선 배 부르면 종 배고픈 줄 모른다.)

烏狗之浴 不變其黑(오구지욕 불변기흑)

검둥개 먹 감기듯. (검둥개 미역 감긴다고 희어지지 않는다.)

人飢三日 無計不出(인기삼일 무계불출)

사흘 굶어 아니 날 생각 없다. (사흘 굶으면 못할 노릇이 없다, 사흘 굶어 담 아니
넘을 놈 없다.)

一日之狗 不知畏虎(일일지구 부지외호)

하룻강아지 범 무서운 줄 모른다.

-> '하룻강아지' : 일반적으로 '하룻강아지'로 알려져 있으나, 원래는 '한 살 된 강아
　지'를 의미하는 '하릅'이었음. '하릅'이 '하룻'으로 변한 것임.

竊鍼不休 終必竊牛(절침불휴 종필절우)

바늘 도둑이 소도둑 된다.

晝語雀聽 夜語鼠聽(주어작청 야어서청)

낮말은 새가 듣고 밤말은 쥐가 듣는다. (밤말은 쥐가 듣고 낮말은 새가 듣는다)

逐彼山豕 幷失家彘(축피산시 병실가체)

산토끼를 잡으려다가 집토끼를 놓친다. (가는 토끼 잡으려다 잡은 토끼 놓친다, 뛰는
토끼 잡으려다 잡은 토끼 놓친다.)

-> 큰 것에 욕심을 내다가 도리어 자기가 가진 것마저 잃어버린다는 말.

他人之餌 聊樂歲始(타인지이 료락세시)

남의 떡에 설 쇤다.

-> 남의 힘을 입어서 쉽게 제 일을 이룬다.

虎死留皮 人死留名(호사유피 인사유명)

호랑이는 죽어서 가죽을 남기고 사람은 죽어서 이름을 남긴다.

☞ 교재 56쪽

衣以新爲好 人以舊爲好(의이신위호 인이구위호)

옷은 새로울수록 좋고 사람은 오래될수록 좋다.

三日之程 一日往 十日臥(삼일지정 일일왕 십일와)

사흘 길을 하루에 가서는 열흘을 앓아눕는다.

-> 사흘이나 걸리는 길을 급히 가려다가 열흘씩 앓아눕는다는 뜻으로, 일을 처음부터 너무 급히 서두르면 도리어 더디게 됨을 비유적으로 이르는 말.

04장

한자(漢字)와 생활(生活)

▮ 단원 설정의 취지

〈표준국어대사전〉에 등재된 표제어를 보면 주표제어의 약 65%(한자어+고유어 포함), 부표제어의 약 70%(한자어+고유어 포함)에 한자가 포함되어 있다. '현대국어사용빈도조사'를 보더라도 한자어 약 66%, 고유어+한자어가 약 3% 이상으로 조사된 바 있다. 이처럼 우리말은 한자어가 다수를 차지하고 있다.

우리가 일상생활의 의사소통에 있어서 한자어를 많이 사용하고 있는 만큼 한자어를 익히고 알 때 더 원활한 의사소통을 할 수 있다. 따라서 이 장에서는 일상생활에서 흔히 사용하는 다양한 한자어와 두루 쓰이는 고사성어를 익혀 원활한 의사소통에 도움을 주고자 한다.

▮ 학습 목표

· 일상생활에서 흔히 쓰이는 다양한 한자어를 익히고 적확한 사용을 알아본다.
· 단자쓰기, 호칭, 날짜 등 일상생활의 필수적 한자를 익히고 올바른 사용법을 연습한다.
· 고사성어를 활용한 글쓰기 사례를 살펴보고 고사성어와 그 활용법을 익힌다.

▮ 지도 및 평가의 유의점

· 일상생활에서 두루 쓰이고 흔히 사용하는 필수 한자어를 익힐 수 있도록 지도한다.
· 단자쓰기, 호칭, 날짜, 생활안전 등의 주요 한자어를 숙지할 수 있게 지도한다.
· 일상생활에 흔히 사용하는 한자어의 용례를 통해 의미의 차이를 명확히 구분할 수 있도록 지도한다.
· 두루 쓰이는 고사성어를 활용한 글쓰기의 효용성과 효과를 통해 고사성어를 익히고 글쓰기 능력도 향상할 수 있도록 지도한다.

1. 한자의 다양한 쓰임

① 학습 목표

- 일상생활에서 흔히 쓰이는 다양한 한자어를 익히고 적확한 사용을 알아본다.
- 단자쓰기, 호칭, 날짜, 생활안정 등 일상생활의 필수적 한자를 익히고 용례를 통해 올바른 사용법을 구분한다.

② 지도 시 유의점

- 일상생활에서 두루 쓰이고 흔히 사용하는 필수 한자어를 익힐 수 있도록 지도한다.
- 단자쓰기, 호칭, 날짜, 생활안전 등의 주요 한자어를 숙지할 수 있게 지도한다.
- 일상생활에 흔히 사용하는 한자어의 용례를 통해 의미의 차이를 명확히 구분할 수 있도록 지도한다.

③ 본문의 이해와 성찰

- 한국어 어휘의 약 70%가 한자어라는 입장이 있다는 점을 학생들에게 주지시킬 필요가 있다. 우리말에서 고유어가 차지하는 비율은 약 25%에 지나지 않는다. 우리는 일상생활에서의 의사소통을 주로 한자어로 하는 셈이다. 한자어의 정확한 의미와 사용 용례는 그만큼 중요할 수밖에 없다. 동일 어휘라도 한자의 의미(뜻)와 사용(음)에 따라 어휘의 의미는 구분된다.
- 우리말의 중요성이 강조되면서 고유어 사용이 권장되고 있다. 1970~1980년대까지만 하더라도 페이지(page)를 '면(面)'으로 사용하는 것이 보편적인 경향이었다. 그런데 점차 고유어의 중요성과 고유어 사용을 권장하면서 면(面)을 '쪽'으로 사용하는 사례가 늘어났다. 그러나 여전히 '쪽' 대신에 '면(面)'을 사용하는 사례도 있다.
- 우리말을 사용함에 있어 고유어를 사용하는 것은 우리말과 글을 보존하는 데 있어 마땅히 우리가 해야 하는 사명이다. 그러나 여전히 우리말의 많은 부분이 한자어라는 사실을 도외시할 수 없기에 한자어를 익히는 것이 원활한 의사소통의 첫걸음이라는 사실을 잊어서는 안 될 것이다.

· 관혼상제(冠婚喪祭)를 비롯해 일상생활에서 흔히 한자어를 사용.

· 한자어를 사용할 때 적확한 사용법을 숙지하는 것은 교양인의 기본적 요건.

※ 관혼상제(冠婚喪祭) : 관례(冠禮)·혼례(婚禮)·상례(喪禮)·제례(祭禮)의 네 가지 예(禮)를 두고 말함. 예식(禮式)에는 성인식(관례), 결혼식(혼례), 장례식(상례), 제식 또는 제사(제례)가 있음. 冠 : 갓 관, 婚 : 혼인할 혼, 喪 : 죽을 상, 祭 : 제사 제, 禮 : 예도 예

1) 나이와 관계있는 한자어

① 지학(志學)은 학문에 뜻을 둘 나이라는 의미이며, 열다섯 살의 나이를 이르는 말이다. 『논어』의 '위정(爲政)'편에서 "자왈 오십유오이지어학(子曰 吾十有五而志於學)" (공자께서 말하기를 나는 열다섯 살에 학문에 뜻을 두었다)이라고 한 말에서 유래.

② 약관(弱冠)의 관(冠)은 성년이 되어 갓을 쓴다는 의미로 성인이 되었음을 의미.

③ 芳年(芳 : 꽃다울 방) · 妙齡(妙 : 젊을 묘, 齡 : 나이 령. 이 경우에는 년으로 읽는다) : 꽃다운 20세 전후의 여성.

④ 而立(而 : 말이을 이, 立 : 설 립) : 30세, 而立은 달리 입지(立志)라 하여 **30세에 학문에 뜻을 세움을 이르는 말이다.**

⑤ 壯年(壯 : 왕성할 장) : 혈기가 왕성한 30-40세 나이(= 壯齡, 壯齒(齒 : 이 치)).

⑥ 不惑(不 : 아니 불, 惑 : 미혹할 혹) : 40세. 미혹되지 아니한다는 의미로 『논어(論語)』, 「위정편(爲政篇)」에 '사십이불혹(四十而不惑)'에서 온 말.

⑦ 知天命(知 : 알 지, 天 : 하늘 천, 命 : 목숨 명) : 50세.

⑧ 耳順(耳 : 귀 이, 順 : 좇을 순) : 60세.

⑨ 從心(從 : 좇을 종, 心 : 마음 심) : 70세.

⑩ 古稀(古 : 옛 고, 稀 : 드물 희) : 70세.

※ 고희는 두보(杜甫)가 지은 곡강시(曲江詩)의 한 구절 '人生七十古來稀(나이 칠십은 예부터 흔치 않았다)'에서 나온 말이다.

(해제) 두보(杜甫)와 곡강시(曲江詩)

두보는 중국 당나라 중기 관리이자 문인이었다. 그는 이백과 함께 중국 역사상 최고의 시인으로 꼽힌다. 이백과 두보는 동시대 사람으로 이백이 시선(詩仙)이라면 두보는 시성(詩聖)이란 별칭을 얻었다.

※ 곡강시(曲江詩) 일부

朝回日日典春衣 (조회일일전춘의) 조정에서 돌아오면 날마다 봄옷을 전당 잡혀
每日江頭盡醉歸 (매일강두진취귀) 날마다 곡가에서 만취하여 돌아오네.
酒債尋常行處有 (주채심상행처유) 술집에 술 빚은 가는 곳마다 늘상 있기 마련이지만
人生七十古來稀 (인생칠십고래희) 예로부터 인생살이 칠십 년은 드문 일이라네.

2) 단자 쓰기

* 단자(單子) : 경사(慶事)나 애사(哀事 : 슬픈 일. 주로 친지의 사망) 때, 또는 남에게 보내는 물건의 목록을 적은 종이를 가리키는 말.
* 최근에는 백일, 돌, 결혼, 환갑, 출국, 병문안, 조문 등을 할 때 성의를 표하기 위해 편지 겉봉투에 사용하는 용어로 많이 쓰임.
* 우리는 일상생활에서 애경사(哀慶事)를 접할 경우가 많다. 그때 단자를 잘 알고 정확히 사용하는 것이 매우 중요함

▶ 연습 아래 나이에 해당하는 단자를 직접 편지봉투를 써 보시오. ☞ 교재 61쪽
환갑, 70세 생신, 80세 생신, 90세 생신, 100세 생신

還甲, 古稀(고희), 米壽(미수), 卒壽(졸수), 上壽(상수)

▶ 연습 『논어』에 나오는 나이를 나타내는 한자를 모두 써 보시오. ☞ 교재 61쪽

15세 志學, 30세 而立, 40세 不惑, 50세 知天命, 60세 耳順, 70세 從心

※ 弔儀(弔 : 조상할 조, 儀 : 예의 의) : 조상을 당하심에 예를 표합니다. ☞ 교재 65쪽.

3) 각종 호칭과 날짜(시간)를 나타내는 한자어

(1) 편지 봉투나 저서, 논문 기증할 때의 호칭

- 氏(씨) : 나이나 지위가 비슷한 사람에게 존경의 의미로 쓴다.
- 貴下(귀하) : **상대편을 높여 이름 다음에 붙여 쓰는 말.** 가장 일반적인 존칭으로 대개 남자에게 쓴다. **貴 : 귀할 귀, 下 : 낮출 하**
- 貴中(귀중) : 편지나 물품 따위를 받을 단체나 기관의 이름 아래에 쓰는 높임말. 개인이 아닌 단체나 회사에 보낼 때 쓴다.
- 女史(여사) : **호칭의 일종으로 결혼한 여자를 높여 이르는 말.** 가장 일반적인 존칭으로 여자에게 쓴다. **史 : 역사 사**이지만 여기에서는 '화사할 사'로 아름답고 화사한 여자라는 의미의 존칭으로 쓴다.
- 兄, 大兄, 學兄(형, 대형, 학형) : 지위나 나이가 비슷한 사람 중 친한 사람을 높여 부를 때 쓴다. **兄(형)**은 일반적인 높임에 해당하며, **大兄(대형)**은 친구 간 편지할 때 벗을 높이어 쓰는 말이며, **學兄(학형)**은 학우끼리 서로를 높일 때 쓴다.
- 君(사내 군) : 나이가 같거나 아래 사람 중 남자에게 쓴다.
- 孃(여자애 양) : 나이가 같거나 아래 사람 중 처녀에게만 쓴다.
- 展(펼 전) : 아래 사람에게 쓴다. **실례로 惠展(은혜 혜, 펼 전)은 '어서 펴 보시오'의 뜻으로 편지 겉봉의 가에 써서 경의(敬意)를 표할 때 주로 쓴다.**
- 座下(자리 좌, 아랫사람 하) : **편지할 때 상대를 이름 뒤에 쓰는 높임말로** 부모나 선생님같이 마땅히 존경받을 사람에게 쓴다.
- 閣下(문설주 각. 아랫사람 하) : 높은 지위의 사람에 대한 경칭으로 쓴다.
- 畵伯(그림 화, 맏·우두머리 백) : 화가에 대한 존경의 의미로 쓴다.
- 雅仁(맑을 아, 어질 인) : 문학하는 친구에게 존경의 의미로 쓴다.

- 惠存(은혜 혜, 있을 존) : '받아 간직해 주세요'라는 뜻으로 대개 자기 작품을 남에게 기증할 때 주로 쓴다.
- 惠鑑(은혜 혜, 거울·볼 감) : 혜존과 같은 뜻으로 쓰인다.
- 下鑑(아랫사람 하, 볼 감) : '보잘 것 없는 내용을 보아 주십시오'라는 뜻으로 높은 사람에게 자기 저서나 작품, 논문 등을 드릴 때 쓴다.

· 雅正(맑을·우아할 아, 올바를 정) : '기품이 높고 바르다'라는 뜻으로, 윗사람이 후배나 제자에게 자기 저서나 작품, 논문 등을 줄 때 쓴다. **때때로 雅鑑(아감)을 쓰기도 한다.**

(2) 호칭법(呼稱法)

① 아버지를 부르는 호칭 : 父親(부친), 家親(가친), 嚴親(엄친, 생존시) / 先親(선친), 先考(선고), 先人(선인, 돌아가신 후)

② 어머니를 부르는 호칭 : 母親(모친), 慈母(사랑 자, 어미 모), 慈堂(사랑 자, 집 당 : 남의 어머니의 존칭), 萱堂(원추리(백합과의 다년초) 훤, 집 당 : 남의 어머니를 부르는 존칭. 자당과 같은 의미, 생존시), 老親(노친) / 先妣(먼저 선, 죽은 어미 비 : 돌아가신 후 남에게 자기 어머니를 이르는 말)

③ 할아버지를 부르는 호칭 : 祖父(조부)

④ 할머니를 부르는 호칭 : 祖母(조모)

⑤ 삼촌들을 부르는 호칭 : 伯父(맏·우두머리 백, 아비 부, 큰아버지). 仲父(버금·가운데 중, 아비 부, 둘째아버지). 叔父(아저씨 숙, 아비 부, 작은아버지)

⑥ 아주머니들을 부르는 호칭 : 伯母(백모, 큰어머니), 叔母(숙모, 작은어머니)

   ※ 돌아가신 삼촌과 아주머니를 부르는 경우에는 앞에 '先'을 붙이면 된다.(예 : 先伯父(선백부), 先叔母(선숙모))

⑦ 누나가 결혼한 사람을 부르는 호칭 : 妹兄(매형), 姊兄(자형) **妹 : 누이 매, 姊 : 윗누이 자, 兄 : 형제 형**

⑧ 여동생과 결혼한 사람을 부르는 호칭 : 妹弟(매제) **弟 : 아우 제**

⑨ 아내의 여동생을 부르는 호칭 : 妻弟(처제) **妻 : 아내 처**

⑩ 아내의 언니를 부르는 호칭 : 妻兄(처형)

⑪ 남편의 형/동생을 부르는 호칭 : 媤叔(시집 시, 아저씨 숙)

⑫ 동생의 아내를 부르는 호칭 : 弟嫂氏(아우 제, 형수 수, 각시 씨), 季嫂氏(막내 계, 형수 수, 각시 씨, 막내의 아내를 부를 때)

(3) 날짜(시간)를 나타내는 한자어

* 회사 업무, 격식 있는 자리, 공문서 등에는 날짜를 나타내는 한자어가 자주 사용됨.

* 문학작품에서 시간을 나타내는 한자어는 매우 자주 사용됨.

* 국어를 능숙하게 사용하기 위해서는 날짜를 나타내는 한자어를 필수적으로 학습할 필요가 있음.

① 昨日(어제 작, 날 일) : 어제

② 今日(이제 금, 해 일) : 오늘

③ 明日(밝을 명) 혹은 來日(올 내) : 내일

④ 前日(앞 전) : 일정한 시기를 기준으로, 그 시기의 전날. (예 : 前日 先親께서 말씀하셨습니다.)

⑤ 當日(당할 당) 혹은 卽日(곧 즉, 해 일) : 바로 그날. (예: 當日부터 청소당번은 너야.)

⑥ 翌日(다음날 익, 해 일) : 기준이 되는 날의 다음 날. (예 : 이 조치는 翌日부터 시행된다.)

⑦ 霎時間(가랑비 삽, 때 시. 사이 간) : 매우 짧은 순간. (예 : 둑이 터지자 들판은 삽시간에 물바다가 되고 말았다.)

⑧ 頃刻(눈 깜박할 경, 새길 각) : 눈 깜빡할 사이. 또는 아주 짧은 시간. (예 : 경각을 다투다.)

(4) 생활안전 및 일상생활과 관련된 한자어

• 화재와 관련된 한자

火災(화재) 發生(발생), 申告 方法(신고 방법), 消防官(소방관), 救急 隊員(구급 대원) 災(재앙 재), 發(일어날 발), 申告(거듭 신, 고할 고), 消防官(사라질 소, 막을 방, 관리(벼슬) 관), 救急(구할 구, 급할 급), 隊員(대 대, 사람 원)

- 교통사고와 관련된 한자

交通事故(교통사고), 事故者(사고자), 運轉席(운전석), 同乘者(동승자), 飮酒運轉(음주운전), 救助(구조), 出血(출혈).

교통(사이 교, 통할 통), **事故者**(일 사, 연고 고, 사람 자), **運轉席**(옮길 운, 구를 전, 자리 석), **同乘者**(한가지 동, 탈 승), **飮酒運轉**(마실 음, 술 주, 옮길 운, 구를 전), **救助**(구할 구, 도울 조), **出血**(나올 출, 피 혈)

- 일상생활과 관련된 한자

심심(甚深)하다 : 마음의 표현 정도가 매우 깊고 간절하다. **甚深 : 심할 심, 깊을 심**
무운(武運)을 빈다 : 전쟁 따위에서 이기고 지는 운수. '행운을 빈다' 정도의 의미.
武運 : 굳셀 무, 돌 운

2. 고사성어(故事成語)의 이해와 활용

① 학습 목표

·고사성어의 의미와 자(字)를 익혀 교양적 지식과 표현을 습득한다.

·고사성어를 활용한 글쓰기 사례를 살펴보고 고사성어와 그 활용법을 익힌다.

② 지도 시 유의점

·일상에서 흔히 사용하는 기본적인 고사성어를 중심으로 학습한다.

·효, 우정, 학문 연마 등의 고사성어와 시사적인 이슈와 연관된 고사성어를 익혀
일상생활에 활용할 수 있게 한다.

·일상생활에 두루 쓰이는 고사성어, 사회적 이슈·시사적 문제와 연관된 고사성어
등을 익혀서 자기소개서, 칼럼, 수기 및 수필 등의 글쓰기에 활용하고 응용할 수
있도록 지도한다.

③ 본문의 이해와 성찰

·고사성어는 교훈적이고 경구적인 의미를 전달해줄 뿐만 아니라 글의 객관성이나
신뢰성을 유지하는데도 상당한 도움을 준다. 따라서 고사성어를 잘 활용한 글쓰
기는 설득력과 감응의 효과를 배가(倍加)할 수 있다. 더욱이 일상생활에서 고사성
어를 활용한 말하기는 상대방과의 공감대를 형성할 수 있는 효과적 표현이자 장
치가 될 수 있다.

1) 글쓰기와 고사성어

* 한자 중에서 가장 활용도가 높은 것이 고사성어라 할 수 있다.
* 고사성어에는 선인들의 삶의 지혜와 정서, 해학과 풍자, 비판과 경계 등이 담겨 있다.
* 고사성어는 교훈·경구·비유·상징 등으로 활용되며, 교양과 표현을 풍부하고 알차게
해주는 도구로 활용될 수 있다.
* 고사성의의 유래를 정확히 알고 활용해야 그것이 지니는 진정한 의미를 올바로 전
달할 수 있다.

* 고사성어는 비유적인 표현을 주로 사용하므로 교훈적이고 경구적인 의미를 전달해 줄 뿐만 아니라 글의 객관성이나 신뢰성을 유지하는 데 도움이 된다.
* 글의 첫머리나 마무리를 쓸 때 고사성어를 활용하면 설득과 이해의 효과를 높일 수 있다.

(1) 첫머리 쓰기

① 시사적인 상황과 관계있는 고사성어를 언급하며 시작하는 경우

* 주제와 관련된 고사성어를 언급하면 글의 주의를 환기하는 매우 효과적인 방법이다.
* 대중적 관심이나 시사적인 문제를 언급할 때 고사와 관련된 이야기는 극적인 흥미를 유발하고 독자의 경각심을 일깨우는 효과가 있다.

・燈火可親(등화가친) : 등불을 가까이 할 수 있다는 뜻으로 시원하고 선선한 가을 밤에 등불 가까이에서 글 읽기에 좋음을 이르는 말이다.
  燈 : 등잔 등, 火 : 불 화, 可 : 옳을 가, 親 : 친할 친

・天高馬肥(천고마비) : '하늘이 높고 말이 살찐다.'는 뜻으로 가을이 좋은 계절임을 말할 때 흔히 쓰이는 말이다. '천고마비의 계절'은 풍족하고 안녕된 계절을 맞이한 만큼 책을 읽기에 적절한 계절로 비유되기도 한다.

② 사건이나 일화를 인용하며 시작하는 경우

* 고사성어와 관련된 유래에 드러난 사건은 독자에게 강렬한 인상을 심어줄 수 있다.
* 고사성어와 관련된 사건을 가져올 때는 참신하고 적합한 예를 제시해야 논지의 강화, 객관화를 이룰 수 있다.

・四面楚歌(사면초가) : 유방에게 쫓기어 갈 곳이 없던 항우의 고립무원, 곧 어떤 도움의 손길도 기대할 수 없는 고립 상태에 빠진 절박한 상황을 이르는 말이다.
  四 : 넉 사, 面 : 면 면, 楚 : 초나라 초, 歌 : 노래 가

· 孤立無援(고립무원) : 고립되어 아무 도움을 받을 데가 없는 상황을 이르는 말이다.

孤 : 외로울 고, 立 : 설 립, 無 : 없을 무, 援 : 도울 원

[유래] 중국 후한 말 반초라는 인물은 수도를 침략해서 약탈을 일삼던 흉노족을 토벌하기 위해 원정군에 자원하여 혁혁한 공을 세운다. 그러나 이후 황제가 갑자기 병사(病死)한다. 그때를 놓치지 않고 언기(키르기스스탄)족이 침입을 하자 반초는 도움을 구할 곳이 없어졌다(孤立無援).

③ 명언이나 경구를 환기하며 시작하는 경우

* 고사성어에는 삶의 지혜와 역사의 교훈이 담겨 있다.
* 글을 쓸 때 고사성어에 담긴 혜안을 인용하면 어떤 논거보다도 설득력 있는 근거로 기능할 수 있다.

· 直壯曲老(직장곡로) : 사리나 이치가 바르면 자연히 사기가 올라가고, 바르지 못하면 사기가 죽음을 의미한다. 원뜻은 '곧은 것은 싱싱하고, 굽은 것은 시든다'는 의미다.

直 : 곧을 직, 壯 : 장할 장, 曲 : 굽을 곡, 老 : 노인 로

④ 관련된 일화를 풀이하면서 시작하는 경우

* 글을 쓸 때 고사성어를 사용하게 되면 독자의 관심과 흥미를 끌 수 있다.
* 낯선 고사성어, 잘 알려지지 않은 고사성어의 풀이는 독자가 해당 글에 관심을 갖도록 하는 하나의 수단으로 활용될 수 있다.
* 특히, 고사성어는 그 유래를 알면 글을 쓸 때 글의 목적에 맞게 적절히 적용하고 활용할 수 있다.

· 단미서제(斷尾噬臍) : 원뜻은 '꼬리를 자르면 배꼽을 물어뜯는다'라는 뜻이다. 관련 속담으로는 '모난 돌이 정 맞는다'가 있다. 너무 뛰어난 사람은 남에게 미움을 받기 쉬움을 이르는 말이며 성격이 너그럽지 못하면 대인 관계가 원만할 수 없음을 이르는 말로서 활용된다.

斷 : 끊을 단, 尾 : 꼬리 미, 噬 : 씹을 서, 臍 : 배꼽 제

・단미웅계(斷尾雄鷄) : 위험을 미연에 알고 이를 차단코자 제 잘난 꼬리를 미리 자른 수탉의 이야기다.(『춘추좌전(春秋左傳)』)

斷 : 끊을 단, 尾 : 꼬리 미, 雄 : 수컷 웅, 鷄 : 닭 계

[유래] 주(周)나라 때 빈맹(賓孟)이 교외를 지나다가 잘생긴 수탉이 꼬리를 제 입으로 물어뜯는 것을 보고는 시종에게 말했다. "하는 짓이 해괴하구나." 시종이 대답하기를 "다 저 살자고 하는 짓입니다. 고운 깃털을 지니고 있으면 잡아서 종묘 제사에 희생으로 쓸 것입니다. 미리 제 꼬리를 헐어 위험을 벗어나려는 것이지요." 이에 빈맹이 탄식했다.

・서제막급(噬臍莫及) : '이미 저지른 잘못에 대해 후회해도 소용없다'라는 말로 '잘못된 뒤에 아무리 뉘우쳐도 어찌할 수가 없음'을 이르는 후회막급(後悔莫及)과 유사한 의미.

噬 : 씹을 서, 臍 : 배꼽 제, 莫 : 없을·늦을 막, 及 : 미칠 급
後 : 뒤·늦을 후, 悔 : 뉘우칠 회, 莫 : 없을·늦을 막, 及 : 미칠 급

⑤ 표제나 주제어로 강조하는 경우

* 제목으로 사용한 사자성어는 독자에게 글의 인상을 남길 수 있으며 독자의 관심을 이끄는 데 효과적이다.
* 또한, 글의 주제를 확실하게 전달할 수 있는 효과도 있으며, 글 전체의 요지를 한눈에 파악할 수 있는 효과도 있다.

・와신상담(臥薪嘗膽) : 섶에 누워 쓸개를 맛본다는 뜻으로, 원수를 갚거나 마음먹은 일을 이루려고 괴로움과 어려움을 참고 견딤.

臥 : 엎드릴 와, 薪 : 섶나무 신, 嘗 : 맛볼 상, 膽 : 쓸개 담

[유래] 춘추시대 말기 오(吳)나라와 월(越)나라는 패권을 다투었다. 오나라의 왕 합려(闔閭)는 월나라를 쳤다가 월왕 구천(勾踐)에게 패하고, 손가락에 입은 상

처가 원인이 되어 그만 죽고 말았다. 합려는 태자 부차(夫差)에게 "월나라를 절대로 잊지 말라.(必毋忘越)"는 유언을 남기고 눈을 감았다. 부차가 아버지의 원수를 갚기 위해 편안한 잠자리를 마다하고 땔나무 위에서 기거하면서 복수의 칼을 간 데서 '와신'이 유래했고, 나중에 부차에게 패한 구천이 쓸개를 맛보면서 복수의 칼을 간 이야기에서 '상담'이 유래한 것이라고들 말한다.

(2) 마무리 쓰기

* 결론에 사자성어를 사용할 경우 내용을 한마디로 요약하는 효과를 발휘할 수 있으며, 글에 강한 인상과 여운을 남길 수 있다.
* 사자성어를 활용해서 희망을 기대하거나 당부의 말을 전할 수도 있으며, 인용을 통해 비판이나 내용을 강조하는 효과도 발휘할 수 있다.

① 희망을 기대하며 마무리하는 경우

* 고사성어를 활용할 때 행동의 촉구나 기대(희망)의 효과를 높일 수 있다.
* 고사성어를 활용하면 문제의 사안에 대한 독자의 설득력을 높일 수 있는 하나의 수단이 될 수 있다.

・새옹지마(塞翁之馬) : 『회남자(淮南子)』 '인생훈(人生訓)'에 나오는 이야기로 국경 변방 근처에 점을 잘 치는 한 사람이 살고 있었는데 어느 날, 그의 말이 오랑캐 땅으로 도망쳐 버렸다. 사람들이 모두 안타까워 노인을 위로하자 그는 "이것이 무슨 복이 되는지 어찌 알겠소?"라고 말했다. 몇 달이 지난 후, 말이 오랑캐의 준마를 데리고 돌아왔다. 사람들이 모두 이를 축하하였다. 그러자 노인이 말했다. "그것이 무슨 화가 되는지 어찌 알겠소?" 집에 좋은 말이 생기자 말타기를 좋아하던 노인의 아들이 그 말을 타고 달리다가 말에서 떨어져 다리가 부러졌다. 사람들이 모두 이를 위로했다. 노인이 말했다. "이것이 혹시 복이 되는지 어찌 알겠소?" 1년이 지난 후, 오랑캐들이 대거 요새에 쳐들어오자 장정들이 활을 들고 싸움터에 나갔다. 변방 근처의 사람들은 열에 아홉이 죽었는데, 이 사람은 다리가 병신인 까닭에 부자가 모두 무사할 수 있었다.
塞 : 변방 새, 翁 : 늙은이 옹, 之 : 어조사 지, 馬 : 말 마

② 당부하며 마무리하는 경우

  * 글의 종결에 고사성어를 활용해 당부하는 글로 마무리할 경우 입론의 당위성을 강조하면서 설득의 효과를 높일 수 있다.

  * 고사성어는 상황에 대한 경계와 주의를 환기하는 효과가 있으므로 고사성어를 적절히 활용하게 되면 경계나 주의 환기에 대한 강한 인상을 남길 수 있다.

  · 역지사지(易地思之) : 다른 사람의 입장이나 마음에서 생각해 보라는 뜻.
   易 : 바꿀 역, 地 : 땅·처지 지, 思 : 생각·마음 사, 之 어조사·이것 지

  · 결자해지(結者解之) : 일을 시작하고 맺은 사람이 그것을 풀어야 한다는 뜻.
   結 : 맺을 결, 者 : 놈·사람 자, 解 : 풀 해, 之 어조자·이것 지

③ 인용하며 마무리하는 경우

  * 고사성어, 사자성어를 인용할 때는 정확한 의미와 맥락을 알고 사용해야 사용한 의미를 명료하게 전달할 수 있다.

  · 양두구육(羊頭狗肉) : 양의 대가리를 내어놓고 실은 개고기를 판다는 뜻으로, 겉으로는 훌륭하게 내세우나 속은 변변찮음을 의미.
   羊 : 양 양, 頭 : 머리 두, 狗 : 개 구, 肉 고기 육

  · 망월폐견(望月吠犬) : 개가 달을 보고 짖는다는 뜻으로 달은 순리를 따를 뿐인데 개의 나쁜 버릇 때문에 달을 보고 지는 것을 의미.
   望 : 바랄 망, 月 : 달 월, 吠 : 짖을 폐, 犬 개 견

  · 소이부답(笑而不答) : 그저 웃기만 하면서 답을 하지 않는다는 뜻으로 난처한 질문에 대답하지 않고 슬며시 피함을 이르는 말. 이백의 한시에서 유래함.
   笑 : 웃을 소, 而 : 말 이을 이, 不 : 아니 부, 答 : 대답할 답

(3) 실용문의 사례

  * 고사성어, 사자성어를 자기소개서, 연설문, 홍보문 등에 적절히 인용하면 설득의

효과를 높일 수 있다.

· 추처낭중(錐處囊中) : 주머니 속에 들어 있는 송곳이라는 뜻으로 주머니 속의 송곳이 언젠가는 밖으로 튀어나오는 것처럼 재능이 있는 사람이 언젠가는 그 재능을 발휘할 기회가 온다는 말로 낭중지추(囊中之錐)와 유사한 의미로 낭중지추는 재능이 뛰어난 사람은 숨어 있어도 남의 눈에 저절로 드러난다는 뜻.
　錐 : 송곳 추, 處 : 곳 처, 囊 : 주머니 낭, 中 : 가운데 중

· 순망치한(脣亡齒寒) : 입술이 없으면 이가 시리다는 뜻으로, 이해관계가 밀접한 사이에서 한쪽이 망하면 다른 한쪽도 온전하기 어려움을 이르는 말.
　脣 : 입술 순, 亡 : 잃을·망할 망, 齒 : 이 치, 寒 : 찰 한

· 오거서(五車書) : 많은 책을 이르는 말.
　車 : 수레 거, 書 : 책 서

· 한우충동(汗牛充棟) : 책이 매우 많음을 이르는 말.
　汗 : 땀 한, 牛 : 소 우, 充 채울 충, 棟 용마루·마룻대 동

· 열패자(劣敗者) : 남보다 못하여 경쟁에서 진 사람.
　劣 : 못할 열(렬), 敗 : 패할 패

· 일일부독서(一日不讀書) 구중생형극(口中生荊棘) : 《명심보감》에 나오는 글귀로 안중근 의사의 유묵으로도 유명하다.
　讀 : 읽을 독, 書 : 책 서, 荊 : 가시나무 형, 棘 : 가시 극

▶ **연습** 다음 글에 알맞은 고사성어를 보기에서 골라 보시오. ☞ <u>교재 84쪽</u>

① 손에서 책을 놓지 않고 열심히 독서함을 비유.
　· 手不釋卷(수불석권) : 손 수, 아니 불, 풀 석, 책 권

② 우공이 산을 옮긴다는 뜻으로 아무리 어렵고 큰일이라도 잔꾀를 부리지 않고 끊임없

이 노력하면 결국에는 이루어진다는 것을 비유.

- 愚公移山(우공이산) : 어리석을 우, 공변할 공, 옮길 이, 뫼 산 – '우공(愚公)'은 우공이라는 노인을 지칭, 《열자(列子)》 <탕문편(湯問篇)>에 나오는 이야기

③ 눈을 비비고 상대를 다시 본다는 말로 남의 학식이나 재주가 현저하게 발전한 것을 뜻함.

- 刮目相對(괄목상대) : 깎을 괄, 눈 목, 서로 상, 대할 대

[유래] 『삼국지(三國志)』에 나오는 말로 후한(後漢) 말, 魏(위)·蜀(촉)·吳(오)의 삼국(三國)이 서로 대립하고 있을 당시 오(吳)나라 손권(孫權)의 부하 중 여몽(呂蒙)이라는 장수가 있었다. 그는 전공을 많이 세워 장군까지 올랐으나 매우 무식하였다. 그는 학문을 깨우치라는 손권의 충고를 받아 전장(戰場)에서도 손에서 책을 놓지 않고 공부하였다. 얼마 후 손권의 부하 중 뛰어난 학식을 가진 노숙이 여몽을 찾아갔다. 노숙은 여몽과 이야기를 나누는 사이 그가 옛날과 달리 매우 박식해져 있음을 알고 깜짝 놀라자, 여몽이 "선비는 헤어진 지 삼일이 지나면 눈을 비비고 다시 볼 정도로 달라져 있어야 하는 법입니다."라고 말한 데서 유래되었다.

④ 먹다 남은 복숭아를 먹인 죄라는 뜻으로 처음에는 총애하였으나 미워진 뒤에는 지난 일까지도 도리어 죄가 됨을 비유.

- 餘桃之罪(여도지죄) : 남을 여, 복숭아 도, 갈(어조사) 지, 형벌(허물) 죄

[유래] 『韓非子(한비자)』에 나오는 이야기로 중국 전국시대 위(衛)나라에는 왕의 총애를 받는 미자하(彌子瑕)라는 소년이 있었다. 소년의 어머니가 병이 났다는 전갈을 받은 그는 허락 없이 임금의 수레를 타고 집으로 달려갔다.(임금의 수레를 타는 사람은 중벌에 처해졌다.) 그런데 미자하의 이야기를 들은 왕은 오히려 효심을 칭찬하며 "실로 효자로다."라며 용서했다. 또 한번은 미자하가 왕과 과수원을 거닐다가 복숭아를 따서 한 입 먹어 보니 아주 달고 맛이 있었다. 그래서 왕에게 바쳤다. 왕은 기뻐하며 말했다. "제가 먹을 것도 잊고 '나에게 바쳤다'며 칭찬했다." 세월이 흘러 미자하의 자태는 점점 빛을 잃었

고 왕의 총애도 엷어졌다. 그러던 어느 날, 미자하가 처벌을 받게 되자 왕은 지난 일을 상기하고 이렇게 말했다. "이놈은 언젠가 몰래 과인의 수레를 탔고, 게다가 '먹다 남은 복숭아[餘桃]'를 과인에게 먹인 일도 있다." 이처럼 한 번 애정을 잃으면 이전에 칭찬을 받았던 일도 오히려 화가 되어 벌을 받게 되는 것이다.

⑤ 사슴을 가리켜 말이라고 한다는 뜻으로 윗사람을 속이고 권세를 제 마음대로 휘두르거나 사람을 속이려 억지를 쓰는 것을 비유.

　　· 指鹿爲馬(지록위마) : 손가락 지, 사슴 록, 할 위, 말 마

⑥ 송나라 양공의 어짊이란 뜻으로 자신의 처지도 모르고 분수도 없이 남을 동정하는 것을 비웃는 말.

　　· 宋襄之仁(송양지인) : 송나라 송, 도울 양, 갈(어조사) 지, 어질 인. '송양(宋襄)'은 송나라 왕 양공을 지칭

[유래] 중국 춘추시대 송나라의 왕 양공이 초나라와 싸울 때 공자(公子) 목이(目夷)가 적이 포진하기 전에 치자고 청하였으나, 양공이 받아들이지 않고 적이 포진하기를 기다리는 인정을 베풀다가 오히려 패하여 죽임을 당하였다. 뒤에 '하찮은 인정을 이르는 말'로 '송양지인'이란 말이 생겼다.

⑦ 적과 싸울 때 강이나 바다를 등지고 치는 진이라는 뜻으로 어떤 일에 필사의 각오로 대처하는 것을 말함.

　　· 背水之陣(배수지진) : 등 배, 물 수, 갈(어조사) 지, 진칠 진

[유래] 『사기(史記)』에 실린 고사로 한(漢)나라 고조(高祖) 제위 2년 전 한신의 군대는 강을 등지고 진을 쳤고, 주력부대는 성문 가까이 공격해 들어갔다. 한신은 적이 성에서 나오자 배수진까지 퇴각하는 척을 하면서, 한편으로는 조나라 군대가 성을 비우고 추격해 올 때 군사를 성에 매복시켜 조나라 기를 뽑고 한나라 깃발을 세우게끔 했다. 물을 등지고 진을 친(背水之陣) 한신의 군대는 목숨을 걸고 결사 항전을 하여 조나라 군대는 퇴각할 수밖에 없었다. 그리고

이미 한나라 기가 꽂힌 성을 보고 당황한 조의 군대에게 맹공격을 하여 승리를 거두었다.

⑧ 용을 그린 그림에 눈을 그려 넣는다는 뜻으로 어떤 일의 가장 중요한 부분을 완성시키는 것.

　· 畵龍點睛(화룡점정) : 그림 화, 용 룡, 점찍을 점, 눈동자 정

[유래] 양(梁)나라의 장승요(張僧繇)가 금릉(金陵:南京)에 있는 안락사(安樂寺)에 용 두 마리를 그렸는데 눈동자를 그리지 않았다. 사람들이 이상히 생각하여 그 까닭을 묻자 "눈동자를 그리면 용이 날아가 버리기 때문이다"라고 대답하였다. 그러나 사람들은 그 말을 믿지 않았다. 그래서 그는 용 한 마리에 눈동자를 그려 넣었다. 그러자 갑자기 천둥이 울리고 번개가 치며 용이 벽을 차고 하늘로 올라가 버렸다. 눈동자를 그리지 않은 용은 그대로 남아 있었다. 한편 어떤 일이 총체적으로는 잘 되었는데 어딘가 한군데 부족한 점이 있을 때 '화룡에 점정이 빠졌다'고도 한다.

⑨ 맹자의 어머니가 맹자를 교육하기 위하여 세 번이나 이사했다는 고사.

　· 三遷之敎(삼천지교) : 석 삼, 옮길 천, 갈(끼칠) 지, 가르칠 교
　· 三遷(삼천) : 공동묘지 근처 → 시장 근처 → 서당 근처

⑩ 배에 새겨두고 칼을 찾는다는 뜻으로 판단력이 둔하여 세상일에 어둡고 어리석음을 뜻함.

　· 刻舟求劍(각주구검) : 새길 각, 배 주, 구할 구, 칼 검

[유래] 중국 춘추시대 때 초(楚)나라의 한 무사가 양자강을 건너기 위해 나룻배를 탔다. 무사는 자기 무용담을 늘어놓다 실수로 칼이 칼집에서 빠져나와 강물에 떨어졌다. 무사는 단검을 뽑아 배전에다 흠집을 내어 표시를 해두었다. 배에 건너편에 이르자 무사는 칼을 배전에 표시해 둔 물 가운데로 들어가 칼을 찾았다. 이를 본 사람들이 '각주구검(刻舟求劍)하는 저런 멍청하고 어리석은 자가 다 있는가'라고 비웃었다.

· 伯牙絶絃(백아절현) : 백아가 거문고 줄을 끊었다는 뜻으로, 자기를 알아 주는 절친한 벗의 죽음을 슬퍼한다는 말.
맏 백, 어금니 아, 끊을 절, 악기 줄 현

· 管鮑之交(관포지교) : 옛날 중국의 관중과 포숙아의 사귐이라는 뜻으로, 허물없이 지내는 사이 또는 우정이 돈독한 사이를 이르는 말.
피리(대롱) 관, 절인 물고기 포, 어조사 지, 사귈 교

· 刎頸之交(문경지교) : 전국시대의 유명한 인물 '염파'와 '인상여' 사이의 우정에서 비롯된 말로, 목을 베어 줄 수 있을 정도의 절친한 우정, 목이 떨어진 후에도 서로 사귄다는 뜻.
벨 문, 목 경, 어조사 지, 사귈 교

· 鐵杵成針(철저성침) : 철 절굿공이로 바늘을 만든다는 뜻으로 아주 오래도록 노력하면 성공한다는 말로 굳센 의지를 갖고 각고의 노력을 하면 성공을 이룬다는 뜻.
쇠 철, 절굿공이 저, 이룰 성, 바늘 침

· 酒池肉林(주지육림) : 술이 연못을 이루고 고기가 숲을 이룬다는 뜻으로, 호화롭고 사치스러운 잔치를 비유하는 말로 질탕하게 마시고 노는 것을 경계하는 말이며, 은나라 주왕과 관련된 고사.
술 주, 연못 지, 고기 육, 수풀 림

· 斗酒不辭(두주불사) : 말술을 사양하지 않는다는 말로, 주량이 세다는 말이며, 함곡관(函谷關)에서 벌어진 항우와 유방의 이야기에서 유래했다. 항우가 유방 휘하의 장

수 번쾌에게 술을 권한 것에서 유래하였으며, 본래는 장수들의 기개를 표현하던 것이었으나 뜻이 변해 '주량이 센 사람'을 가리키는 말.

말(곡식·용량의 단위) 두, 술 주, 아니 불, 사양할 사

· 兎死狗烹(토사구팽) : 토끼가 잡히고 나면 충실했던 사냥개도 쓸모가 없어져 잡아먹게 된다는 뜻.

토끼 토, 죽을 사, 개 구, 삶을 팽

· 亡羊補牢(망양보뢰) : 양을 잃은 후에야 우리를 고친다는 뜻으로 이미 일을 그르친 뒤에는 뉘우쳐도 소용이 없음을 이르는 말. 속담 중 '소 잃고 외양간 고치다'와 유사한 의미.

잃을 망, 양 양, 기울 보, 우리 뢰

· 月下冰人(월하빙인) : 월하노인(月下老人)과 빙상인(氷上人)의 합성어로 중매쟁이를 이르는 말. 달빛 아래에 있는 노인, 얼음판 위의 사람이란 뜻으로 남녀의 인연을 맺어 주는 사람, 곧 결혼 중매쟁이.

달 월, 아래 하, 얼음 빙, 사람 인

· 天高馬肥(천고마비) : 가을 하늘이 높으니 말이 살찐다는 뜻으로, 가을은 날씨가 매우 좋은 계절임을 형용하여 이르거나 활동하기 좋은 계절을 이르는 말. 유사한 사자성어로 추고마비(秋高馬肥)가 있음.

하늘 천, 높을 고, 말 마, 살찔 비

· 群盲撫象(군맹무상) : 맹인(소경)이 코끼리 만지기란 말로 여러 명의 장님이 코끼리를 어루만져 본 후 배를 만진 장님은 바람벽과 같다 하고 다리를 만진 장님은 기둥 같다 하는 등 자기가 만져 본 부분에 의하여 의견을 말하는 일. 사물을 총체적으로 파악하지 못하고 모든 사물을 자기 주관과 좁은 소견으로 그릇 판단한다는 뜻. 유사한 말로 群盲評象(군맹평상)이 있다.

무리 군, 소경(눈멀) 맹, 어루만질 무, 코끼리 상

· 膠柱鼓瑟(교주고슬) : 거문고의 기둥을 아교로 붙여놓고 거문고를 탄다는 뜻으로, 규

칙만 고수하여 융통성이 없는 고지식한 사람을 이르는 말. 유사한 말로 교주조슬(膠柱調瑟)이 있음. 調 : 고를 조

아교 교, 기둥 주, 북(두드릴) 고, 거문고(비파) 슬

· 臥薪嘗膽(와신상담) : 땔나무 위에 눕고 쓸개를 맛보다는 말로 어떤 목표나 큰 뜻을 이루고자 어떠한 고난도 참고 이겨 낸다는 뜻.

누울 와, 섶나무 신, 맛볼 상, 쓸개 담

· 水滴穿石(수적천석) : 떨어지는 물방울이 돌에 구멍을 낸다는 뜻으로, 무슨 일이든지 끈기로 계속 밀고 나가면 반드시 성공한다는 의미. 우리 속담 중 '낙숫물이 댓돌 뚫는다'와 같은 뜻. 한편, 이 한자성어와 관련된 고사에 따르면 잘못된 행실이 모이면 큰 재앙을 부르게 되며, 이러한 결과를 초래하지 않기 위해서는 초기에 싹을 잘라버려야 뒤탈이 없다는 뜻도 함축. 동의어로 점적천석(點積穿石)이 있다. 點 : 점 점. 積 : 쌓을 적, 穿 : 뚫을 천, 石 : 돌 석

물 수, 물방울 적, 뚫을 천, 돌 석

2) 고사성어의 실제

(1) 효도(孝道)에 관계되는 고사성어

· 昏定晨省(혼정신성) : 저녁에는 잠자리를 정해 드리고 아침에는 안녕히 주무셨는지를 살핀다는 뜻으로 자식이 아침저녁으로 부모를 보살피는 것을 이름. 昏 : 어두울 혼, 定 : 정할 정, 晨 : 새벽 신, 省 : 살필 성

· 冬溫夏淸(동온하청) : 겨울에는 따뜻하게 해드리고 여름에는 시원하게 해드린다는 뜻으로 효도를 일컫는 말. 冬 : 겨울 동, 溫 : 따듯할 온, 夏 : 여름 하, 淸 : 맑을 청

· 無諾唯起(무낙유기) : 부모가 부를 때는 느릿느릿 대답하지 말고 짧게 대답하고 일어나야 하는 것을 이르는 말. 無 : 없을(말라) 무, 諾 : 대답할 낙, 唯 : 오직 유, 起 : 일어날 기

· 下氣怡聲(하기이성) : 부모를 섬길 때는 기운을 낮추고 목소리를 기쁘게 해야 한다는 말. 怡 : 기쁠 이, 聲 : 소리 성

· 斑衣之戲(반의지희) : 부모를 기쁘게 해드리고 어린아이처럼 색동저고리를 입고 춤을 추는 것을 말함. 斑 : 얼룩(무늬) 반, 衣 : 옷 의, 之 : 어조사 지, 戲 : 놀 희

· 反哺報恩(반포보은) : 까마귀가 먹이를 물어다가 어미 새를 봉양함과 같이 부모의 길러주신 은혜에 보답함(= 反哺之孝). 反 : 되돌릴 반, 哺 : 먹을 포, 反哺 : 까마귀 새끼가 자란 뒤에 늙은 어미에게 먹을 것을 물어다 준다는 뜻, 報 : 갚을 보, 恩 : 은혜 혜

· 立身揚名(입신양명) : 수양하고 출세하여 후세에 이름을 날림. 立 : 설 입(립), 身 : 몸 신, 揚 : 오를 양, 名 : 이름 명

· 衣不解帶(의불해대) : 부모님이 병환 중일 때, 효자는 옷을 벗지 않고 옆에서 간호함을 이름. 衣 : 옷 의, 不 : 아닐·말라(금지) 불, 解 : 풀 해, 帶 : 띠 대

· 藥必親嘗(약필친상) : 부모가 병환 중일 때, 자식이 반드시 약을 맛본 다음에 드림을 이름.

· 王祥得鯉(왕상득리) : 西晉시대에 王祥이라는 사람은 어려서부터 지극한 효자였는데 불행하게도 어려서 어머님이 돌아가시고 말았다. 그래서 계모 밑에서 자라는데 그 계모가 그를 무자비하게 대하고 아버지께도 항상 이간질하여 아버지도 점점 그를 미워했다고 한다. 그렇지만 왕상은 더욱 부모님께 공손하고 몸가짐을 조심하였다. 언젠가 몹시도 추운 겨울에 계모가 왕상에게 신선한 생선이 먹고 싶다고 하여 왕상은 강에 나가 보았으나 강은 꽁꽁 얼어붙었고 사방을 둘러보아도 얼음을 깰 도구가 보이지 않아 하는 수 없이 옷을 벗고 얼음 위에 누워 체온으로 얼음을 녹여 물고기를 잡으려고 하였다. 그러자 갑자기 얼음이 녹으면서 물속에서 잉어 두 마리가 어름위로 뛰어 올라 왔다고 한다. 王 : 왕 왕, 祥 : 상서로울 상, 王祥(왕상)은 사람 이름, 得 : 얻을

득, 鯉 : 잉어 리(이)

· 舐犢之情(지독지정) : 부모가 자식 사랑함을 어미 소가 송아지를 **핥는** 데 비유한 말
(= 舐犢之愛). 舐 : **핥을 지**, 犢 : **송아지 독**, 之 : **어조사 지**, 情
: **뜻 정**, 愛 : **사랑 애**

· 望雲之情(망운지정) : 객지에서 부모를 생각하는 마음. 어버이를 그리워하는 심정.
望 : **바랄 망**, 雲 : **구름 운**, 之 : **어조사 지**, 情 : **마음(뜻) 정**

· 風樹之嘆(풍수지탄) : 바람이 불면 나무가 가만히 있지 못한다는 뜻으로 효도를 다
하지 못하고 어버이를 여읜 자식의 슬픔을 비유. 風 : **바람 풍**,
樹 : **나무 수**, 之 : **어조사 지**, 嘆 : **탄식할 탄**

(2) 진정한 우정에 관계되는 고사성어

· 管鮑之交(관포지교) : 시세에 따라서도 변치 않는 지극히 친밀한 친구 사이의 교제.

· 刎頸之交(문경지교) : 목이 잘리어도 한이 없을 만큼 굳은 생사를 같이하는 친한 벗.
또는 그런 교제.

· 水魚之交(수어지교) : 물과 물고기의 관계처럼 교분이 매우 깊은 것을 말함. 대개 군
주와 신하의 사이가 친밀한 것을 비유(= 君臣水魚).

· 莫逆之友(막역지우) : 마음이 맞아 서로 거스르는 일이 없는 生死와 存亡을 같이 할
수 있는 아주 친밀한 벗(= 莫逆之交, 莫逆之間). 莫 : **없을 막**,
逆 : **거스릴 역**, 之 : **어조사 지**, 友 : **벗 우**, 間 : **사이 간**

· 金蘭之契(금란지계) : 쇠처럼 단단하고 난초처럼 향기로운 맺음이란 뜻으로 친구 간
의 두터운 우정을 이름(= 金蘭之交). 金 : **쇠 금**, 蘭 : **난초 난**
(란), 之 : **어조사 지**, 契 : **맺을 계**

· 金石之契(금석지계) : 쇠나 돌 같은 굳은 사귐(= 金石之交).

· 肝膽相照(간담상조) : 간과 쓸개를 서로 꺼내 보여줄 정도로 진심을 터놓고 사귀는
사이나 마음이 잘 맞는 사이를 비유. 肝 : **간 간**, 膽 : **쓸개 담**,
相 : **서로 상**, 照 : **비칠 조**

- 松茂柏說(송무백열) : 소나무가 무성하니 잣나무가 기뻐한다는 뜻으로 친구간의 잘 됨을 서로 좋아한다는 의미. **松 : 소나무 송, 茂 : 무성할 무, 栢 : 나무이름 백, 悅 : 기쁠 열**

- 竹馬故友(죽마고우) : 죽마를 함께 타고 놀던 벗이란 뜻으로 어릴 때부터 같이 놀며 자란 친구를 일컫는 말(= 竹馬舊友(죽마구우), 竹馬之友, 竹馬交友, 十年知己, 忽竹之交(홀죽지교)). **舊 : 옛 구, 忽 : 소홀히 할(다할) 홀**

- 朋友責善(붕우책선) : 벗들은 서로 권하여 착한 일을 해야 한다는 뜻. **朋 : 벗 붕, 友 : 벗 우, 責 : 권할(꾸짖을) 책, 善 : 착할 선**

- 桃園結義(도원결의) : 복숭아밭에서 맺은 결의라는 뜻으로 목숨을 걸고 굳게 맺은 의형제를 말함. **桃 : 복숭아 도, 園 : 동산 원, 結 : 맺을 결, 義 : 옳을 의**

- 伯牙絕絃(백아절현) : 자기를 알아주는 참다운 벗의 죽음을 슬퍼함. 거문고를 잘 타는 유백아가 자신의 거문고 소리를 이해해주던 종자기가 죽자 절망하여 그 뒤로 거문고 줄을 끊고 다시는 거문고를 타지 않았다는 고사에서 유래. 자기를 진정으로 알아주는 친구인 知己를 가리켜 知音知友(줄여서 知音)라고 하는 것도 여기에서 나옴. **伯 : 맏 백, 牙 : 어금니 아, 絕 : 끊을 절, 絃 : 거문고 현**

- 斷金之交(단금지교) : 쇠를 끊는 사귐이란 뜻으로 두 사람이 힘을 모으면 어떠한 일도 할 수 있는 교분을 이름. **斷 : 끊을 단**

- 芝蘭之交(지란지교) : 지초와 난초 같은 사귐이란 뜻으로 우아하고 고상한 친분을 이름. **芝 : 지초(풀이름) 지, 蘭 : 난초 난(란)**

(3) 학문 연마에 관계되는 고사성어

- 自强不息(자강불식) : 학문하는 데 있어 항상 스스로 최선을 다하고 힘써 그치지 아니함. **自 : 스스로 자, 强 : 굳셀 강, 息 : 숨 쉴 식**

- 發憤忘食(발분망식) : 발분하여 끼니까지 잊을 정도로 열심히 노력함을 이름. **發 :**

일어날 발, 憤 : 북받칠(결낼) 분, 발분은 분발(奮 : 떨칠 분, 發
: 일어날 발), 忘 : 잊을 망, 食 : 먹을 식

· 手不釋卷(수불석권) : 손에서 책을 놓지 않고 열심히 독서함을 비유.

· 螢雪之功(형설지공) : 반딧불과 눈빛을 이용하여 공부해서 얻은 보람이란 뜻으로 갖
은 고생을 하며 수학함을 비유. **螢 : 개똥벌레 형, 雪 : 눈 설,
功 : 공(공로) 공**

· 螢窓雪案(형창설안) : 반딧불이 비치는 창과 눈에 비치는 책상이라는 뜻으로 어려운
역경을 딛고 학문에 힘쓰는 것을 비유. 서재를 가리키는 말로
도 쓰임. **窓 : 창 창, 案 : 책상 안**

· 晝耕夜讀(주경야독) : 낮에는 농사를 짓고 밤에는 공부한다는 뜻으로 바쁜 틈을 타
서 어렵게 공부함을 비유. **晝 : 낮 주, 耕 : 밭갈 경, 夜 : 밤
야, 讀 : 읽을 독**

· 切磋琢磨(절차탁마) : 옥돌을 쪼고 갈아서 빛을 냄. 학문이나 인격을 수련·연마함을
비유. **切 : 끊을 절, 磋 : 갈 차, 琢 : 쫄(다듬을) 탁, 磨 : 갈 마**

· 日就月將(일취월장) : 날이 가고 달이 갈수록 학문이나 기술이 나날이 발전함. **就 :
이를 취, 將 : 장차 장**

· 韋編三絶(위편삼절) : 책을 맨 가죽 끈이 세 번이나 끊어질 정도로 책을 많이 읽음.
韋 : 가죽 위, 編 : 엮을 편, 絶 : 끊을 절

· 大器晩成(대기만성) : 큰 그릇이나 큰 종을 만드는데 시간이 오래 걸리듯이 크게
될 사람은 늦게 이루어짐. **器 : 그릇 기, 晩 : 저물 만, 成 :
이룰 성**

· 刮目相對(괄목상대) : 눈을 비비고 상대를 다시 본다는 말로 남의 학식이나 재주가
현저하게 발전한 것을 뜻함(= 刮目相看). **看 : 볼 간**

· 他山之石(타산지석) : 다른 산에서 나는 하찮은 돌도 자기의 옥을 가는데 쓰임. 곧
다른 사람의 하찮은 언행일지라도 자기의 지덕을 닦는데 도움
이 된다는 말.

• 孔子穿珠(공자천주) : 어리석은 사람에게도 배울만한 지혜가 있음. 穿 : 뚫을 천, 珠 : 구슬 주, 공자(孔子)가 구슬을 꿴다는 뜻으로 어진 사람도 남에게 배울 점이 있음을 의미함.

• 不恥下問(불치하문) : 아랫사람에게 묻는 것도 부끄럽게 여기지 말아야 함. 恥 : 부끄러워할 치

• 斷機之戒(단기지계) : 맹자의 어머니가 베틀의 피륙을 끊어 맹자를 가르쳤다는 고사에서 유래 된 말로 학문을 中途에서 포기하는 일은 베의 날을 끊는 것과 같다는 뜻(= 斷機之敎, 孟母斷機). 斷 : 끊을 단, 機 : 틀 기, 戒 : 경계할 계

• 晝思夜度(주사야탁) : 낮에는 생각하고 밤에는 헤아림. 晝 : 낮 주, 度 : 법도(제도)탁, 밤낮을 가리지 않고 깊이 생각함을 이르는 말.

• 溫故知新(온고지신) : 옛 것을 배워 새것을 앎. 溫 : 따뜻할(온화할) 온, 故 : 연고 고, 新 : 새 신

• 汗牛充棟(한우충동) : 공부하는 자는 모름지기 수레에 실으면 소가 땀을 흘리고, 쌓아 놓으면 대들보에 닿을 정도로 많은 책을 읽어야 함.

• 畵龍點睛(화룡점정) : 용을 그린 그림에 눈동자를 그려 넣는다는 뜻으로 어떤 일의 가장 중요한 부분을 완성시키는 것을 비유.

• 換骨奪胎(환골탈태) : 형태나 얼굴이 전보다 변해 완전히 다르게 변함. 換 : 바꿀 환, 骨 : 뼈 골, 奪 : 빼앗을 탈, 胎 : 아이 밸 태

• 過猶不及(과유불급) : 정도를 지나침은 도리어 미치지 못하는 것과 같다는 말로 중용의 중요함을 비유. 過 : 지날 과, 猶 : 오히려 유, 不 : 아닐 부, 及 : 미칠 급

• 單刀直入(단도식입) : 문제의 핵심에 직접 들어산다는 말.

• 懸頭刺股(현두자고) : 머리를 묶어 천장에 매고 허벅지를 찌르면서까지 열심히 공부함. 懸 : 달 현, 頭 : 머리 두, 刺 : 찌를 자, 股 : 넓적다리 고

• 南橘北枳(남귤북지) : 남쪽의 귤도 북쪽으로 옮기면 탱자가 된다는 말로 환경의 중요

성을 말함. 南 : 남녘 남, 橘 : 귤 귤, 北 : 북녘 북, 枳 : 탱자 지

· 孟母三遷(맹모삼천) : 맹자의 어머니가 맹자를 교육하기 위하여 세 번이나 이사했다
　　　　　　　　　는 고사.

· 多岐亡羊(다기망양) : 갈림길이 많아 양을 잃어 버렸다는 뜻으로 학문적 주장이 다
　　　　　　　　　양하여 정도를 찾을 수 없을 때나 방침이 너무 많아 갈피를
　　　　　　　　　잡지 못할 때를 말함. 多 : 많을 다, 岐 : 갈림길 기, 亡 : 망할
　　　　　　　　　(잃을) 망, 羊 : 양 양

· 下學上達(하학상달) : 아래를 배워서 위에 통달한다는 뜻으로 쉬운 것부터 배워 깊
　　　　　　　　　고 어려운 것을 깨달음. 達 : 통달할 달

(4) 올바른 생활에 관계되는 고사성어

· 三綱五倫(삼강오륜) : 유교의 기본 생활 덕목. 君臣 · 父子 · 夫婦 간의 관계와 長幼 ·
　　　　　　　　　朋友 간의 수칙. 綱 : 벼리 강, 倫 : 인륜 륜(윤)

· 仁者無敵(인자무적) : 어진 이는 사랑으로 모든 일을 하므로 적이 없다는 뜻. 敵 : 원
　　　　　　　　　수 적

· 身言書判(신언서판) : 사람이 갖추어야 할 네 가지 조건. 곧 신수, 말씨, 문필, 판단
　　　　　　　　　력. 判 : 판가름할 판

· 上行下敎(상행하교) : 윗사람의 행동을 아랫사람이 본받음.

· 克己復禮(극기복례) : 자기를 이기고 예로 돌아옴. 復 : 돌아올 복

· 殺身成仁(살신성인) : 목숨을 버려서 인을 이룸. 殺 : 죽일 살

· 明哲保身(명철보신) : 맑은 정신과 지혜로운 자세로 자신의 몸을 잘 간수함. 哲 : 밝
　　　　　　　　　을 철, 保 : 지킬 보

· 見利思義(견리사의) : 눈앞에 이익이 보일 때 의리를 생각함.

· 見危授命(견위수명) : 나라의 위태로움을 보면 목숨을 아끼지 않고 나라를 위하여
　　　　　　　　　싸움. 危 : 위태할 위, 授 : 줄 수

· 愛人如己(애인여기) : 다른 사람 사랑하기를 내 몸 하듯이 함.

- 隱忍自重(은인자중) : 괴로움을 참고 몸가짐을 조심함. **隱 : 숨길 은, 忍 : 참을 인**

- 敎學相長(교학상장) : 가르치는 것과 배우는 것은 서로 도움이 됨.

- 貧者一燈(빈자일등) : 석가께서 가난한 여인의 등 하나를 칭찬하셨다는 말로 진정한 정성을 강조한 말. **貧 : 가난할 빈, 燈 : 등불 등**

- 三顧草廬(삼고초려) : 유비가 제갈량을 신하로 삼기 위해 그의 초가집으로 세 번이나 찾아가 간청한 고사에서 유래(= 三顧之禮). **顧 : 돌아볼 고, 廬 : 오두막집 려**

- 柔能制剛(유능제강) : 부드러운 것이 능히 강한 것을 제압함. **柔 : 부드러울 유, 制 : 마를 제, 剛 : 굳셀 강**

- 泣斬馬謖(읍참마속) : 제갈량이 자신의 지시를 지키지 않아 전쟁에서 패전한 마속을 울면서 목을 베었다는 뜻으로 사사로운 감정보다 규율을 우선함. **泣 : 울 읍, 斬 : 벨 참, 謖 : 일어날 속, 마속은 사람 이름**

- 改過遷善(개과천선) : 허물을 고치어 착하게 됨(= 改過自新). **改 : 고칠 개, 過 : 지날 과, 遷 : 옮길 천**

- 敬天愛人(경천애인) : 하늘을 공경하고 백성을 사랑함. **敬 : 공경할 경**

- 勸善懲惡(권선징악) : 선을 권하고 악을 징계함. **勸 : 권할 권, 懲 : 부를(징계할) 징**

- 格物致知(격물치지) : 사물의 이치를 탐구하여 지식을 명확히 함. **格 : 바로잡을 격, 物 : 사물(만물) 물, 致 : 보낼(이를, 궁구할) 치**

- 修身齊家(수신제가) : 자기 자신의 心身을 먼저 닦고 집안을 다스리는 일. **修 : 닦을 수, 齊 : 가지런할 제**

- 居安思危(거안사위) : 편안할 때에(居安) 앞으로 닥칠 위태로움을 생각함. **居 : 있을 (살) 거**

(5) 인생의 성정(性情)과 관계있는 고사성어

- 漁父之利(어부지리) : 도요새와 조개가 다투는 사이에 어부가 이 둘을 모두 잡았다는 데서 유래된 말로 서로의 이해관계로 인해 둘이 싸우는 사

이에 제 삼자가 힘들이지 않고 이득을 본다는 뜻.

· 犬免之爭(견토지쟁) : 개와 토끼의 다툼이란 뜻으로 둘이 다투고 있는 사이에 제 삼
자가 이득을 봄(= 田父之功). **爭 : 타툴 쟁**

· 作心三日(작심삼일) : 한 번 먹은 마음이 삼일밖에 지속되지 않음. **作 : 지을 작**

· 朝三暮四(조삼모사) : 교묘한 술수로 남을 우롱하고 속이는 것을 이름. 또는 눈앞에
보이는 차별만 알고 그 결과는 같은 것임을 모르는 어리석음
을 풍자. **朝 : 아침 조, 暮 : 저물 모**

· 緣木求魚(연목구어) : 나무 위에 올라가서 물고기를 구한다는 뜻으로 당치 않은 일
을 하는 것을 비유. **緣 : 인연(연유할) 연**

· 以卵投石(이란투석) : 계란으로 바위 치기. **卵 : 알 란, 投 : 던질 투**

· 陸地行船(육지행선) : 뭍으로 배를 저으려 한다는 뜻으로 불가능한 일을 이름. **陸 :
뭍(육지) 육(륙), 船 : 배 선**

· 暴虎馮河(포호빙하) : 맨손으로 호랑이를 잡고 맨몸으로 황하를 건넌다는 뜻으로 위
험을 두려워하지 않는 무모한 용기를 비유한 말. **暴 : 사나울
포(폭), 虎 : 범 호, 憑 : 기델 빙, 河 : 강 이름(강) 하**

· 刻舟求劍(각주구검) : 배에 새겨두고 칼을 찾는다는 뜻으로 판단력이 둔하여 세상일
에 어둡고 어리석음을 뜻함(= 刻舟, 刻船, 刻舷).

· 膠柱鼓瑟(교주고슬) : 거문고에 아교를 붙여 연주한다는 뜻으로 고지식하고 변통성
이 없는 사람을 비유.

· 尾生之信(미생지신) : 미생의 신의라는 뜻으로 융통성이 없는 막무가내의 믿음이나
어리석은 신념을 말함. 노나라의 미생이란 사람이 한 여인과
다리 밑에서 만나기로 약속했는데, 시간이 지나도 나타나지
않는 여인을 끝까지 기다리다 홍수로 물에 빠져 죽었다는 고
사에서 유래. **尾 : 꼬리 미, 미생은 사람 이름, 信 : 믿을 신**

· 守株待免(수주대토) : 그루터기를 지키며 토끼를 기다린다는 뜻으로 융통성이 없고
어리석은 사람을 비유. **守 : 지킬 수, 株 : 그루(그루터기) 주,**

待 : 기다릴 대, 兎 : 토끼 토

· 井中之蛙(정중지와) : 우물 안의 개구리라는 뜻으로 세상 물정에 어둡고 시야가 좁음(= 井底之蛙). 井 : 우물 정, 蛙 : 개구리 와

· 坐井觀天(좌정관천) : '井中之蛙'나 '井底之蛙'와 같은 뜻으로 '우물 안의 개구리'를 일컫는 말. 坐 : 앉을 좌, 觀 : 볼 관, 低 : 밑(안) 저

· 邯鄲之步(한단지보) : 자기 분수를 잊고 무턱대고 남을 흉내 내는 일을 비유. 邯 : 고을 이름 한, 鄲 : 나라 이름 단, 한단(邯鄲)은 중국 전국시대 조나라의 수도로 공손룡과 관련된 이야기이며, 한단에서 걸음걸이를 배운다는 뜻으로 제 분수를 잊고 무턱대고 남을 흉내 내다가 이것저것 다 잃음을 비유하는 말

· 亡羊補牢(망양보뢰) : 양을 잃어버린 뒤 양 우리를 고쳐도 늦지 않는다는 뜻으로 잘못이 발생한 후라도 즉시 시정하면 때가 늦지 않는다는 말.

· 渴而穿井(갈이천정) : 목이 말라야 우물을 판다는 뜻으로 사전에 준비하지 않다가 일이 일어난 후에 노력해봤자 소용없음을 비유. 소를 잃고 외양간 고친다는 말과 같은 뜻. 渴 : 목마를 갈, 穿 : 뚫을 천, 井 : 우물 정

· 臨渴掘井(임갈굴정) : 渴而穿井과 같은 뜻으로 곧 준비가 없이 일을 당하여 허둥지둥하는 것을 가리키는 말. 臨 : 임할 임, 掘 : 팔 굴

· 晩時之歎(만시지탄) : 기회를 놓쳐버려 안타까워하는 탄식을 비유. 晩 : 저물 만, 時 : 때 시, 歎 : 탄식할 탄

· 吳牛喘月(오우천월) : 오나라의 소는 더위를 몹시 타 달을 보고도 해인 줄 알고 헐떡인다는 뜻. 공연한 일에 지레 겁먹고 허둥거리는 사람을 이르는 말. 吳 : 오나라 오, 牛 : 소 우, 喘 : 헐떡거릴 천

· 杯中蛇影(배중사영) : 술잔 안에 활 그림자 비친 것을 뱀인 줄 알고 놀랐다는 뜻으로 의심이 많음을 비유. 杯 : 술잔 배, 蛇 : 뱀 사, 影 : 그림자 영

· 風聲鶴唳(풍성학려) : 바람소리나 학의 울음소리를 듣고도 놀랄 정도로 두려워함. 聲 : 소리 성, 鶴 : 학 학, 唳 : 울 려

· 草木皆兵(초목개병) : 온 산의 풀과 나무까지도 모두 적병으로 보인다는 뜻으로, 적을 두려워함이 지나치면 온 산의 초목까지도 적군으로 보인다는 말. 皆 : 모두 개

· 百年河淸(백년하청) : 중국 황하의 물이 항상 흐리어 맑을 날이 없다는데서 유래된 말로 아무리 오래 되어도 일이 이루어지기 어려움을 이름.

· 漢江投石(한강투석) : 지나치게 미미하여 전혀 효과가 없음. 한강(漢江)에 아무리 돌을 많이 집어 넣어도 메울 수 없다는 뜻. 漢 : 한수 한, 한강(漢江)은 중국의 강 이름이며, 한강(韓江)은 우리나라의 강 이름이며 한은 '크다'라는 의미의 순우리말을 한자어로 표기하였음

· 掩耳盜鈴(엄이도령) : 자기의 허물을 듣지 않으려고 스스로 귀를 막으나 아무 소용 없는 짓임을 일컫는 말(= 掩耳盜鐘). 掩 : 가릴 엄, 耳 : 귀 이, 盜 : 도적 도, 鈴 : 방울 령(영), 鐘 : 종(쇠북) 종

· 凍足放尿(동족방뇨) : 잠시 효력이 있을 뿐 오래가지 않음. 언 발에 오줌 누기라는 뜻으로 앞을 내다보지 못하는 고식지계(姑息之計)를 비웃는 말. 凍 : 얼 동, 足 : 발 족, 放 : 놓을 방, 尿 : 오줌 뇨(요)

· 錦衣夜行(금의야행) : 비단옷 입고 밤 길 간다는 뜻으로 아무 보람 없는 행동을 함(= 衣錦夜行, 繡衣夜行). 錦 : 비단 금, 繡 : 수놓을 수

· 口尙乳臭(구상유취) : 입에서 아직도 젖내가 난다는 뜻으로 언행이 유치하거나 식견이 없는 사람을 비유. 尙 : 오히려 상, 乳 : 젖 유, 臭 : 냄새 취

· 狗尾續貂(구미속초) : 개꼬리로 담비꼬리를 잇는다는 뜻으로 벼슬아치가 너무 많아 번다하게 된 것을 가리킴. 또는 어떤 일이 앞은 잘 되었으나 뒤가 잘못된 경우를 이름. 狗尾(구미)는 개꼬리, 續 : 이을 속, 貂 : 담비 초

· 隔靴搔癢(격화소양) : 가죽신을 신고 가려운 곳을 긁는다는 뜻으로 힘써 노력하지만 성과는 아무 것도 없거나 일이 철저하지 못해서 성에 차지 않는다는 의미. '신 신고 발바닥 긁기'라는 속담의 한역으로 어

떤 일의 핵심을 찌르지 못하고 겉돌기만 하여 매우 답답하여 안타까운 상태를 이르는 말. 隔 : 사이 뜰 격, 靴 : 신 화, 搔 : 긁을 소, 癢 : 가려울 양

· 見蚊拔劍(견문발검) : 모기를 보고 칼을 뽑는다는 뜻으로 하찮은 일에 지나치게 성을 내어 덤빔을 비유. 蚊 : 모기 문, 拔 : 뺄 발, 劍 : 칼 검

· 矯角殺牛(교각살우) : 뿔을 바로 잡으려다가 소를 죽인다는 뜻으로 결점이나 흠을 바로 잡으려다가 수단이 지나쳐 일을 그르침 또는 지엽적인 일에 얽매여 본체를 그르침을 비유. 矯 : 바로 잡을 교

· 群盲撫象(군맹무상) : 좁은 식견을 가지고 어떤 사물을 자기 주관대로 그릇되게 판단하는 것 또는 어떤 사물의 전체를 보지 못하고 그 일부밖에 파악하지 못하는 것을 비유(= 群盲評象, 群盲摸象, 盲人摸象). 群 : 무리 군, 盲 : 소경 맹, 撫 : 어루만질 무, 象 : 코끼리 상, 評 : 평할 평, 摸 : 찾을 모

· 獨不將軍(독불장군) : 따돌린 외로운 사람 또는 혼자서는 장군이 못 된다는 뜻으로 남과 협조해야 한다는 의미. 獨 : 홀로 독

· 得隴望蜀(득롱망촉) : 농 땅을 얻고 나니 촉 땅을 바란다는 뜻으로 인간의 욕심이 끝이 없음을 비유(= 望蜀, 平隴望蜀, 望蜀之歎). 得 : 얻을 득, 隴 : 산 이름 롱, 望 : 바랄 망, 蜀 : 나라 이름 촉

· 傍若無人(방약무인) : 곁에 사람이 없는 것처럼 행동한다는 뜻으로 성격이 활달해서 남의 이목에 얽매이지 않고 자유롭게 행동하거나 오만불손한 태도를 보이는 것을 비유. 傍 : 곁 방, 若 : 같을·만일 약

· 宋襄之仁(송양지인) : 송나라 양공의 어짊이란 뜻으로 자신의 처지도 모르고 분수도 없이 남을 동정하는 것을 비웃는 말.

· 蝸角之爭(와각지쟁) : 달팽이 뿔 위에서의 싸움(촉각끼리의 싸움)이란 뜻으로 좁디좁은 세상에서 서로 땅을 더 차지하려는 부질없는 싸움이나 애써 다투어 보았자 얻는 것이 극히 적은 싸움을 비유. 蝸 : 달팽이 와

· 子莫執中(자막집중) : 전국시대 사람인 子莫이 중용만을 지키고 있었던 데서 유래한 말로 융통성이 없는 사람을 이름. **執 : 잡을 집**

· 於陵仲子(오릉중자) : 지나치게 고지식하여 다른 이치를 모름. 진중자(陳仲子)는 전국시대 제나라 사람이다. 그는 자기 형 진대(陳戴)의 녹봉이 만 종(種)에 이르렀으나 의롭지 않다 하여 같이 살지도 먹지도 않았다. 결국 부모형제를 떠나 초나라에 가서 살면서 스스로 오릉중자(於陵仲子)라 불렀다. 빈궁했지만 구차하게 구하지 않았고 의롭지 않은 음식은 먹지도 않았다. 자신이 직접 신발을 짰고 부인이 삼실을 자아 먹을 것 입을 것과 바꿔 생활하였다. 초나라 왕이 그가 어질다는 소문을 듣고 재상으로 삼고자 사신을 보내 황금 100일(일, 1鎰은 24냥)을 전해왔다. 진중자는 아내에게 "오늘 재상이 되면 내일 성대한 수레를 타고, 한 상 가득 진수성찬을 늘어놓고 먹을 텐데 어떻게 생각하느냐"고 물었다. 그러자 그의 아내는 "지금 무릎을 들여놓을 만한 공간의 편안함과 한 점의 고기 맛 때문에 초나라의 근심을 떠안게 된다면 어지러운 세상에는 해로움이 많은 지라 당신이 목숨을 부지하지 못할까 두렵습니다."라고 말했다. 진중자가 아내의 말을 듣고 재상의 자리를 사양한 것은 물론이다. 이후 진중자는 사람이 알지 못하는 곳으로 떠났으며 농사를 지으며 일생을 보냈다 한다. 그러한 삶으로 말미암아 그는 전국시대를 대표하는 청렴한 인물의 표상이 되었다. **陵 : 언덕 릉(능), 중자는 사람 이름**

· 目不識丁(목불식정) : 고무래보고도 정(고무래 정)자를 모른다는 뜻으로 일자무식을 이름.

· 魚魯不辨(어로불변) : 어(魚)자와 로(魯)자를 구별하지 못할 정도로 무식함을 비유. **세상물정에 어둡거나 어리석은 사람을 말할 때 씀. 辨 : 분별할 변**

· 菽麥不辨(숙맥불변) : 콩인지 보리인지 분별하지 못한다는 뜻으로 사물을 잘 분별하

지 못하여 어리석은 사람을 비유한 말(= 菽麥). 菽 : 콩 숙, 麥 : 보리 맥

- 一字無識(일자무식) : 아주 무식함을 비유.

- 杞人之憂(기인지우) : 기나라 사람이 하늘과 땅이 무너질 것을 걱정했다는 고사에서 유래된 말로 쓸데없는 근심을 뜻함(= 杞憂). 杞 : 기나라 기

- 畫蛇添足(화사첨족) : 뱀의 다리를 그렸다는 뜻으로 쓸데없는 짓을 하다가 오히려 실패함을 비유한 말(= 蛇足). 添 : 더할 첨

- 助　　長(조　장) : 억지로 힘을 가해 자라게 한다는 뜻. 助 : 도울 조

- 效　　顰(효　빈) : 월(越)나라의 서시(西施)가 심장에 병이 있어 얼굴을 찡그리자 어떤 추녀(醜女)가 미인은 얼굴을 찡그린다고 여겨 자기도 찡그렸다는 고사에서 유래된 말로 함부로 남의 흉내를 내거나 남의 결점을 장점인 줄 알고 본뜨는 것을 이름(= 西施矉目, 效矉). 效 : 본받을 효, 矉 : 찡그릴 빈

- 死後藥方文(사후약방문) : 사람이 죽은 뒤에야 약방문을 써 가지고 온다는 말로 때가 늦음을 비유. 死 : 죽을 사, 後 : 뒤 후, 藥 : 약 약, 方 : 바야흐로 방, 文 : 글월 문

- 作舍道傍(작사도방) : 길가에 집을 지을 때 왕래하는 사람들의 의견이 많아 어떤 것을 따를 지 결정하기 어렵다는 뜻으로 이론이 많아 일을 이루기 힘들 때 씀(= '作舍道傍 三年不成'의 준말). 傍 : 곁 방

(6) 인간의 세태와 관계있는 고사성어

- 吳越同舟(오월동주) : 오나라와 월나라 사람이 한 배를 탔다는 뜻으로 적대 관계에 있는 사람이 같은 처지에 놓이게 됨을 비유. 吳 : 오나라 오, 越 : 월나라 월, 同 : 한가지(같을) 동, 舟 : 배 주

- 朝變夕改(조변석개) : 아침저녁으로 뜯어고침(= 朝改暮變). 變 : 변할 변

- 朝令暮改(조령모개) : 아침에 명령을 내리고 저녁에 다시 변경한다는 뜻으로 법령이

자주 바뀌어 믿을 수 없음을 비유. 아침에 조세를 부과하고 저녁에 벌써 걷어 들인다는 의미로도 쓰임. 朝 : 아침 조, 令 : 명령 령, 暮 : 저물 모, 改 : 고칠 개

· 甘呑苦吐(감탄고토) : 달면 삼키고 쓰면 뱉는다는 뜻으로 사리의 옳고 그름을 돌보지 않고 자기 비위에 맞으면 좋아하고 그렇지 않으면 싫어함을 비유. 甘 : 달 감, 呑 : 삼킬 탄, 苦 : 쓸 고, 吐 : 토할 토

· 免死狗烹(토사구팽) : 토끼 사냥이 끝나면 사냥개를 삶아 먹는다는 뜻으로 필요할 때는 긴요하게 쓰다가 쓸모없어지면 제거함을 비유. 烹 : 삶을 팽

· 姑息之計(고식지계) : 아녀자나 어린아이가 꾸미는 것 같은 계책을 말하는 것으로 생각이 단순하거나 당장 편한 것만 취하는 계책. 또는 눈앞에 있는 어려움만 우선 피하려는 계책을 이름(= 彌縫策(미봉책), 下石上臺, 冬足放尿). 姑 : 시어미(여자) 고, 息 : 숨 쉴 식, 計 : 꾀 계

· 臨機應變(임기응변) : 어떤 경우에 임하여 적절히 바꾼다는 뜻으로 그때 그때의 상황에 따라 융통성 있게 일을 잘 처리함을 비유(= 臨機變通, 機變, 應變, 機略, 機謀, 機材, 隨時變通, 枕流漱石, 漱石枕流). 應 : 응할 응

· 口蜜腹劍(구밀복검) : 입에는 꿀을 바르고 있지만 뱃속에는 칼을 품고 있다는 뜻으로 말로는 친하나 속으로는 해칠 생각을 품음. 蜜 : 꿀 밀, 腹 : 배 복

· 面從腹背(면종복배) : 겉으로는 복종하는 체하면서 속으로는 배반함을 비유(= 面從後言, 陽奉陰違). 面 : 겉(낯) 면, 從 : 좇을 종, 背 : 등 배

· 勸上搖木(권상요목) : 나무 위에 오르라고 권하고는 오르자마자 아래에서 흔들어댄다는 뜻으로 겉 다르고 속 다른 사람을 일컬음. 勸 : 권할 권, 搖 : 흔드릴 요

· 羊頭狗肉(양두구육) : 양 머리를 내걸고 개고기를 판다는 뜻으로 겉은 그럴 듯하나

속은 형편없음을 비유(= 勸上搖木, 敬而遠之, 口蜜腹劍, 表裏不同).

·同牀異夢(동상이몽) : 같은 잠자리에서 다른 꿈을 꾼다는 뜻으로 겉으로는 같이 행동하면서 속으로는 각기 다른 생각을 함(= 同牀各夢).

·鹿皮之曰(녹피지왈) : 사슴가죽에 써 놓은 글씨가 잡아당기는 대로 변하는 것처럼 제도나 법령을 자기편의 대로 고쳐 씀. 鹿 : 사슴 녹(록), 皮 : 가죽(껍질) 피

·附和雷同(부화뇌동) : 자기주장 없이 남이 하는 대로 따라 감. 附 : 붙을 부, 和 : 화할 화, 雷 : 우레 뇌, 同 : 한가지(같을) 동

·曲學阿世(곡학아세) : 학문을 굽히어 세상에 아첨한다는 뜻으로 그릇된 학문으로 세상 사람에게 아첨함을 비유하거나 정도를 벗어난 학문으로 세상 사람에게 아첨함을 이르는 말. 曲 : 굽을 곡, 阿 : 언덕 아

·識字憂患(식자우환) : 글자를 아는 것이 도리어 근심을 사게 된다는 말. 憂 : 근심 우, 患 : 근심 환

·指鹿爲馬(지록위마) : 사슴을 가리켜 말이라고 한다는 뜻으로 윗사람을 속이고 권세를 제 마음 대로 휘두르거나 사람을 속이려 억지를 쓰는 것을 비유.

·養虎遺患(양호유환) : 호랑이를 길러 근심을 남긴다는 뜻으로 공연히 화근을 남겨 걱정거리를 산다는 의미. 養 : 기를 양, 遺 끼칠(남길) 유

·得魚忘筌(득어망전) : 고기를 잡으면 통발을 잃어버린다는 말로 목표를 성취하면 옛 일을 망각함. 筌 : 통발 전

·巧言令色(교언영색) : 남의 환심을 사기 위해 아첨하는 교묘한 말과 보기 좋게 꾸미는 얼굴 빛을 말함. 巧 : 공교할(교묘할) 교, 令 : 좋을 영

·餘桃之罪(여도지죄) : 먹다 남은 복숭아를 먹인 죄라는 뜻으로 처음에는 총애하였으나 미워진 뒤에는 지난 일까지도 도리어 죄가 됨을 비유.

·桀犬吠堯(걸견폐요) : 걸 임금의 개는 요임금을 보고도 짖는다는 뜻으로 주인이 포악

하면 그를 따르던 사람이나 물건도 덩달아 사악해진다는 말.

· 彌 縫 策(미 봉 책) : 꿰매다, 빈 구석을 메우다, 모자란 곳을 때우고 잇는다는 의미로 시급한 일을 눈가림으로 대충 덮어두거나 임시변통으로 마련한 계책을 말함. **彌 : 두루(널리) 미, 縫 : 꿰맬 봉, 策 : 채찍(책) 책**

(7) 인생의 허무와 관계있는 고사성어

· 桑田碧海(상전벽해) : 뽕나무밭이 변하여 푸른 바다가 된다는 뜻으로 시세의 변화가 심함을 이름. **桑 : 뽕나무 상, 碧 : 푸를 벽**

· 天旋地轉(천선지전) : 하늘은 돌고 땅이 구르는 것처럼 대자연의 법도가 떳떳함을 말함. **旋 : 돌 선, 轉 : 구를(회전할) 전**

· 南柯一夢(남가일몽) : 남쪽 나무 가지의 꿈이란 뜻으로 한 때의 헛된 부귀영화나 인생이 덧없음을 비유. **夢 : 꿈 몽**

· 一場春夢(일장춘몽) : 한 바탕의 봄꿈처럼 헛된 영화를 이름. **場 : 마당 장**

· 邯鄲之夢(한단지몽) : 한단에서의 꿈이란 뜻으로 인생의 榮古盛衰(영고성쇠)가 한 바탕의 꿈처럼 덧없다는 것을 비유하는 말(= 邯鄲夢枕, 盧生之夢, 一炊之夢, 黃粱之夢, 黃粱一炊夢).

· 巫山之夢(무산지몽) : 무산의 꿈을 뜻하는 말로 남녀 간의 은밀한 만남을 비유. **巫 : 무당 무**

· 一炊之夢(일취지몽) : 이 세상의 富貴榮華(부귀영화)가 덧없음을 비유. **炊 : 불땔 취**

· 白駒過隙(백구과극) : 흰 망아지가 문틈으로 지나가는 것을 보는 것처럼 세월이 빠름을 비유(白駒之過郤). **駒 : 망아지 구, 隙 : 틈(구멍) 극, 郤 : 틈 극**

· 髀肉之嘆(비육지탄) : 오랫동안 전장에 나가지 않아 말을 타지 않은 관계로 허벅지에 살만 찐 것을 탄식한다는 뜻으로 영웅이 할 일없이 虛送歲月하면서 아무 공도 세우지 못함을 탄식함(= 脾肉之嘆, 髀肉復生, 髀肉重生, 撫髀興嘆, 拊髀嗟, 脾裏肉生). **髀 : 넓적다리 비**

- 麥秀之嘆(맥수지탄) : 보리 싹이 빼어난 것을 보고 탄식한다는 뜻으로 망한 나라를 바라보며 탄식함을 비유(= 麥秀黍油, 麥秀之詩, 黍離麥秀之嘆). **秀 : 빼어날 수**

- 隔世之感(격세지감) : 세대를 뛰어 넘은 것 같이 몹시 달라진 느낌. **隔 : 사이 뜰(멀어질) 격**

- 天高馬肥(천고마비) : 하늘은 높고 말은 살찐다는 뜻으로 하늘이 맑고 모든 초목이 결실하는가을을 이르는 말(= 秋高馬肥).

- 十日之菊(십일지국) : 핀지 열흘이 지난 국화꽃이란 뜻으로 영화가 쇠함을 이름. **菊 : 국화 국**

- 送舊迎新(송구영신) : 묵은해를 보내고 새 해를 맞이함. **送 : 보낼 송, 迎 : 맞이할 영**

- 武陵桃源(무릉도원) : 신선이 살았다는 전설적인 곳. 곧 별천지.

- 空手來空手去(공수래공수거) : 사람이 세상에 났다가 헛되이 죽는 것을 일컬음.

(8) 불굴의 의지와 관계있는 고사성어

- 百折不屈(백절불굴) : 백 번을 꺾어도 굽히지 않는다는 뜻으로 어떠한 난관에도 굽히지 않음을 비유(= 百折不撓, 百折不回, 不屈不撓). **折 : 꺾을 절, 屈 : 굽을 굴, 撓 : 어지러울 요**

- 百折不撓(백절불요) : 아무리 억눌려도 뜻을 굽히지 않음. 의지가 무척 강함을 이름.

- 七顚八起(칠전팔기) : 일곱 번 넘어져도 여덟 번 일어난다는 말로 수없이 실패해도 굽히지 않음을 비유. **顚 : 꼭대기 전**

- 鵬程萬里(붕정만리) : 붕조가 만 리를 날아간다는 뜻으로 머나먼 여로나 앞길이 아주 양양한 장래를 말할 때 씀(= 鵬鯤, 鵬圖). **鵬 : 붕새 붕, 程 : (길이)단위 정**

- 吾舌尙在(오설상재) : "내 혀가 아직 살아 있소?"라는 뜻으로 비록 몸이 망가졌어도 혀만 살아 있으면 뜻을 펼 수 있다는 말이다. **吾 : 나 오**

- 愚公移山(우공이산) : 우공이 산을 옮긴다는 뜻으로 아무리 어렵고 큰일이라도 잔꾀

를 부리지 않고 끊임없이 노력하면 결국에는 이루어진다는 것을 비유(= 移山倒海).

· 苦盡甘來(고진감래) : 쓴 것이 다하면 단 것이 온다는 뜻으로 고생 끝에 낙이 옴을 비유.

· 獨也靑靑(독야청청) : 홀로 고고히 푸르름을 자랑함.

· 刻骨難忘(각골난망) : 남의 은혜가 마음에 깊이 새겨져 잊혀지지 아니함.

· 犬馬之勞(견마지로) : 자기가 남을 위해 한 일에 대해 겸손을 표할 때 또는 임금이나 나라에 충성을 다하는 노력을 비유할 때 씀.

· 堅忍不拔(견인불발) : 굳게 참고 견디어 마음을 뺏기지 않음. 堅 : 굳을 견

· 結草報恩(결초보은) : 풀을 엮어서 은혜를 갚는다는 뜻으로 죽어서까지도 은혜를 잊지 않고 갚는다는 말. 結 : 맺을 결, 報 : 갚을 보

· 櫛風沐雨(즐풍목우) : 바람으로 머리를 빗고 비로 몸을 씻는다는 뜻으로 긴 세월을 객지에서 떠돌며 갖은 고생을 다함. 櫛 : 빗(빗질) 즐, 沐 : 머리감을 목

· 風饌露宿(풍찬노숙) : 바람을 맞으며 음식을 먹고 이슬을 맞으며 잘 정도로 크게 고생함을 비유(= 風餐露宿). 饌 : 반찬 찬, 露 : 이슬 노(로), 宿 : 묵을(잘) 숙

(9) 인간의 능력과 관계있는 고사성어

· 群鷄一鶴(군계일학) : 많은 닭 가운데의 한 마리 학이란 뜻으로 평범한 여러 사람들 가운데 뛰어난 한 사람이 섞여 있음을 비유(= 鷄群一鶴, 鷄群孤鶴). 群 : 무리 군, 鷄 : 닭 계

· 鐵中錚錚(철중쟁쟁) : 많은 쇠 중에서 좋은 쇠 소리가 난다는 뜻으로 凡人보다 조금 뛰어난 사람을 비유. 鐵 : 쇠 철, 錚 : 쇠소리 쟁

· 傭中佼佼(용중교교) : 많은 일군 중에 훌륭한 사람이 섞여 있음을 일컫는 말. 傭 : 품팔이 용, 佼 : 예쁠 교

· 叫叫武夫(규규무부) : 무부(斌玞)의 소리가 멀리 들린다는 뜻으로 사람의 이름이 크게 떨침을 비유. 叫 : 부르짖을 규

· 股肱之臣(고굉지신) : 넓적다리와 팔뚝같이 귀중한 신하를 말함. 곧 임금이 가장 믿는 중요한 신하를 이름. 股 : 넓적다리 고, 肱 : 팔뚝 굉

· 社稷之臣(사직지신) : 나라의 安危를 맡은 중신을 말함. 社 : 토지 신 사, 稷 : 기장·벼슬 직 社稷(사직)은 나라 또는 조정을 의미

· 棟梁之材(동량지재) : 기둥과 들보가 될 정도의 능력 있는 인물. 棟 : 용마루 동, 梁 : 들보 량(양), 材 : 재목 재

· 柱石之臣(주석지신) : 나라에 없어서는 안 될 가장 중요한 신하를 말함. 柱 : 기둥 주

· 干城之材(간성지재) : 방패와 성처럼 나라를 위험에서 지킬만한 능력이 있는 신하. 干 : 방패 간, 城 : 성 성

· 爪牙之士(조아지사) : 맹수의 발톱이나 어금니처럼 힘 있고 중요한 신하를 말함. 爪 : 손톱 조, 牙 : 어금니 아

· 毛遂自薦(모수자천) : 모수라는 사람이 자신을 천거함(因人成事). 遂 : 이룰 수

· 經天緯地(경천위지) : 온 천하를 경륜하여 다스림. 經 : 날·조리·경 경, 緯 : 씨·줄기·위 위

· 聞一知十(문일지십) : 하나를 들으면 열을 안다는 뜻으로 총명하고 지혜로움을 이름. 聞 : 들을 문

· 靑出於藍(청출어람) : 쪽에서 나온 푸른 물감이 쪽보다 더 푸르다는 뜻으로 제자가 스승보다 뛰어남을 비유(= 靑出于藍). 藍 : 쪽(빛) 람(남)

· 後生可畏(후생가외) : 후배들을 두려워 할 만하다는 뜻으로 학문의 길에는 나이가 중요치 않음을 비유. 畏 : 두려워할 외

· 甲男乙女(갑남을녀) : '갑'이라는 남자와 '을'이라는 여자라는 뜻으로 평범한 보통 사람을 일컬음(= 匹夫匹婦, 張三李四, 樵童汲婦, 善男善女, 愚夫愚婦).

· 張三李四(장삼이사) : 중국에서 가장 흔한 성인 張氏의 셋째 아들과 李氏의 넷째 아

들이란 뜻으로 신분도 없고 이름도 나지 않은 사람 곧 평범한
사람을 이름.

· 愚夫愚婦(우부우부) : 평범한 백성을 말함. 愚 : 어리석을 우

· 匹夫匹婦(필부필부) : 평범한 남녀를 이름. 匹 : 필·짝 필

· 樵童汲婦(초동급부) : 나무하는 아이와 물 긷는 아낙네라는 뜻으로 평범한 사람을
일컬음. 樵 : 땔나무·나무꾼 초, 汲 : 물을 길을 급, 婦 : 아녀
자 부

(10) 유아와 관계있는 고사성어

· 呱呱聲(고고성) : 사람이 태어날 때 내는 첫 울음이란 뜻으로 힘찬 첫 출발을 알릴
때 씀. 呱 : 울 고, 聲 : 소리 성

· 孩提之童(해제지동) : 두서너 살 된 어린아이를 말함. 孩 : 어린아이 해, 提 : 끌·들다
제, 童 : 아이 동

· 三尺童子(삼척동자) : 어린아이를 일컫는 말. 尺 : 자(길이) 척, 童子는 사내 아이

· 弄璋之慶(농장지경) : 구슬로 만든 장난감을 갖고 노는 경사(慶事)라는 뜻으로 아들
을 낳으면 구슬을 선물했다는 고사에서 유래된 말이다. 아들
을 낳은 경사를 이름. 弄 : 희롱할 농(롱), 璋 : 반쪽 홀 장, 慶
: 경사 경

· 弄瓦之慶(농와지경) : 질그릇을 갖고 노는 경사라는 뜻이며, 딸을 낳으면 실패(실을
감아두는 작은 도구)를 선물했다는 고사에서 유래된 말로 딸
을 낳은 경사를 이름. 弄 : 희롱할 농(롱), 瓦 : 기와·질그릇 와,
慶 : 경사 경

· 掌中寶玉(장중보옥) : 손안의 보석처럼 귀한 자식을 말함. 掌 : 손바닥 장, 寶 : 보배
보, 玉 : 구슬 옥

· 金枝玉葉(금지옥엽) : 금(金) 가지에 옥(玉) 잎사귀라는 뜻으로 임금의 집안과 자손
또는 아주 귀한 자식을 일컬을 때 씀. 枝 : 가지 지, 葉 : 잎(잎
사귀) 엽

(11) 여자와 관계있는 고사성어

· 傾國之色(경국지색) : 나라를 위태롭게 할 정도로 아름다운 여자를 비유(= 傾國). 傾
　　　　　　　　　　: 기울 경, 國 : 나라 국

[유래] 한나라(漢--)의 무제(武帝) 때 음악(音樂)에 재능(才能)이 있고 춤이 뛰어난 이연
　　　년(李延年)이 어느 날 무제(武帝) 앞에서 "북방(北方)에 아름다운 사람이 있는
　　　데, 세상(世上)에 견줄 만한 것 없이 홀로 서 있네. 한 번 돌아보면 성이 기울고,
　　　두 번 돌아보면 나라도 기우네.[北方有佳人(북방유가인)한대, 絕世而獨立(절세이
　　　독립)이네. 一顧傾人城(일고경인성)하고, 再顧傾人國(재고경인국)이네."라고 노
　　　래했다. 무제(武帝)는 이연년의 누이동생을 빗댄 노래임을 알고 그녀를 불렀다.
　　　과연 절세미인이었고 춤도 잘 추어 그 미모(美貌)에 빠졌다.

· 傾城之美(경성지미) : 성을 기울이고 나라를 망하게 할 정도로 요염한 절세의 미녀
　　　　　　　　　　를 의미하는 말(= 傾城之色, 傾城) 城 : 성 성
· 花容月態(화용월태) : 꽃다운 얼굴과 달 같은 자태라는 뜻으로 아름다운 여인을 일컫
　　　　　　　　　　는 말. 花 : 꽃 화, 容 : 얼굴 용, 月 : 달 월, 態 : 모양·형상 태
· 丹脣皓齒(단순호치) : 붉은 입술과 하얀 이라는 뜻으로 미인의 용모를 말함(= 朱脣皓
　　　　　　　　　　齒). 丹 : 붉을 단, 脣 : 입술 순, 皓 : 희다 호, 齒 : 이 치. 朱
　　　　　　　　　　: 붉을 주
· 沈魚落雁(침어낙안) : 미인을 보고 부끄러워서 물고기를 잠기게 하고 기러기마저 떨
　　　　　　　　　　어지게 한다는 뜻으로 아름다운 여인을 비유.

[유래] 춘추시대 진(晉) 헌공(獻公)의 애첩 여희(麗姬)의 미모가 물고기가 헤엄치는 것
　　　을 잊고 잠기게 하고, 기러기가 날개짓을 잊고 떨어지게 만들 만큼 아름다웠다
　　　는 이야기에서 유래되었다. 沈 : 잠길 침, 魚 : 물고기 어, 落 : 떨어질 낙, 雁 :
　　　기러기 안

· 糟糠之妻(조강지처) : 지게미와 겨를 같이 먹은 아내라는 뜻으로 고생을 함께 한 아
　　　　　　　　　　내를 말함. 糟 : 지게미 조, 糠 : 겨 강, 妻 : 아내 처

- 佳人薄命(가인박명) : 아름다운 여자는 명이 짧고 운수가 사나움을 비유(= 美人薄命).

  佳 : 아름다울 가, 薄 : 엷을·적을 박, 命 : 목숨 명

- 綠衣紅裳(녹의홍상) : 초록 저고리와 다홍치마라는 뜻으로 젊은 여자가 곱게 입은 의상을 말 함. **綠 : 초록빛 녹, 衣 : 옷 의, 紅 : 붉을 홍, 裳 : 치마 상**

- 纖纖玉手(섬섬옥수) : 보드랍고 고운 여자의 손을 말함. **纖 : 가늘·고운 섬**

- 絕代佳人(절대가인) : 비할 데 없이 아름다운 여자(= 絕世佳人, 絕世美人, 絕代花容).

  絕 : 끊을 절, 代 : 대신할 대, 佳 : 아름다울 가, 容 : 얼굴 용

- 雪膚花容(설부화용) : 눈같이 흰 살과 꽃 같은 얼굴이라는 뜻으로 미인의 용모를 말 함. **雪 : 눈 설, 膚 : 살갗 부, 花 : 꽃 화, 容 : 얼굴 용**

(12) 전쟁과 관계있는 고사성어

- 乾坤一擲(건곤일척) : 하늘과 땅을 걸고 주사위를 던진다는 뜻으로 나라의 운명과 흥망을 걸고 단판 승부를 내는 것을 일컫는 말. **乾 : 하늘 건, 坤 : 땅 곤, 擲 : 던질 척**

- 臥薪嘗膽(와신상담) : 섶나무 장작더미에서 자고 쓴 쓸개를 씹는다는 뜻으로 원수를 갚기 위 해 온갖 고초를 참고 견디는 것을 비유. 越王 句踐과 吳王 夫差의 숙명적인 대결에서 유래한 말.

- 背水之陣(배수지진) : 적과 싸울 때 강이나 바다를 등지고 치는 진이라는 뜻으로 어떤 일에 필사의 각오로 대처하는 것을 말함.

- 捲土重來(권토중래) : 흙먼지를 말아 일으키며 다시 쳐들어온다는 뜻으로 한 번 실패한 뒤에 세력을 회복하여 다시 도전함을 비유. **捲 : 거둘 권, 土 : 흙 토, 重 : 무거울 중, 來 : 올 래(내)**

- 烏合之卒(오합지졸) : 까마귀를 모아놓은 듯 시끄럽고 무질서한 군졸들. 즉 임시로 모집한 훈련이 안된 병력(= 烏合之衆). **烏 : 까마귀 오, 合 : 합할 합, 卒 : 군사 졸**

- 骨肉相爭(골육상쟁) : 뼈와 살이 싸운다는 뜻으로 가까운 친척끼리 서로 다툼을 이름(= 骨肉相戰, 同族相殘).

- 山戰水戰(산전수전) : 세상의 온갖 고생과 어려움을 다 겪어 경험이 많음을 비유.

- 一敗塗地(일패도지) : 한 번 패함에 뇌와 오장이 진흙 창에서 뒹굴게 된다는 뜻으로 성한 곳이 한 군데도 없을 정도로 싸움에서 크게 패한 것을 가리키는 말. 敗 : 깨뜨릴·부수다 패, 塗 : 진흙·칠할 도, 地 : 땅 지

- 百戰百勝(백전백승) : 백 번 싸워서 백 번 다 이긴다는 뜻으로 싸울 때마다 모두 승리함을 이름.

- 百戰不殆(백전불태) : 백 번 싸워 백 번 모두 위태롭지 않다는 뜻. 殆 : 위태할 태

- 臨戰無退(임전무퇴) : 싸움에 나아가 물러서지 않음. 退 : 물러날 퇴

- 馬革裹屍(마혁과시) : 말가죽으로 시체를 싼다는 뜻으로 싸움터에서 적과 싸우다 죽음을 비유. 옛날에는 전사(戰死)한 장수(將帥)의 시체(屍體)는 말가죽으로 쌌으므로 전쟁(戰爭)에 나가 살아 돌아오지 않겠다는 뜻을 말함. 馬 : 말 마, 革 : 가죽 혁, 裹 : 쌀 과, 屍 : 주검 시

- 孤軍奮鬪(고군분투) : 수적으로 열세인 군대가 힘겨운 적을 맞이하여 용감히 싸움. 또는 약한 힘으로 남의 도움도 없이 힘겨운 일을 해나감. 孤 : 외로울 고, 軍 : 군사 군, 奮 : 떨칠 분, 鬪 : 싸울 투

- 多多益善(다다익선) : 많으면 많을수록 좋음(= 多多益辯). 益 : 더할 익, 辯 : 말 잘할 변

- 四面楚歌(사면초가) : 사방에서 초나라의 노래가 들려온다는 뜻으로 적에게 사면이 포위되어 진퇴양난의 곤경에 빠졌을 때를 비유.

- 逐鹿之戰(축록지전) : 중원의 사슴을 쫓는 전투라는 뜻으로 천하를 차지하기 위한 싸움을 이름. 영웅이 서로 천하를 두고 다투는 싸움으로 축록(逐鹿)은 정권을 다툰다는 뜻이며, 록(鹿)은 정권 또는 제위를 나타냄. 逐 : 쫓을 축, 鹿 : 사슴 록, 之 : 어조사 지, 戰 : 싸울 전

(13) 인생의 변화와 관계있는 고사성어

· 進退兩難(진퇴양난) : 나아갈 수도 없고 물러갈 수도 없는 어려운 입장을 비유(= 進退維谷). 進 : 나아갈 진, 退 : 물러날 퇴, 兩 : 두 량(양), 難 : 어려울 난

· 一觸卽發(일촉즉발) : 한 번 닿으면 곧 터진다는 뜻으로 위기가 절박한 모양을 말함. 觸 : 닿을 촉, 卽 : 곧 즉, 發 : 일어날 발

· 累卵之勢(누란지세) : 알을 쌓아 놓은 형세라는 뜻으로 아주 조급하고 위험한 상태에 처해 있는 것을 말함(= 累卵之危). 累 : 묶을 루(누), 卵 : 알 란, 之 : 갈 지, 勢 : 형세 세

[유래] 위나라 범수(范睡)는 중대부 수가(須賈)의 부하로 있을 때 제나라에 갔는데, 그곳에서 누명을 쓰고 수가(須賈)의 미움을 사서 죽을 처지가 되었다. 범수(范睡)는 옥에서 간신히 탈옥했다. 와중에 진(秦)나라 사신 왕계(王季)의 도움을 받아 장록(張祿)이란 이름으로 진나라에 망명했다. 왕계(王稽)는 진나라 왕에게 장록(張祿) 선생의 말에 따르면 "진나라의 정세는 지금 달걀을 쌓아 놓은 것보다 위태롭다고 합니다.(累卵之勢)" 이로 인해 범수(范睡)는 진나라에서 대외정책을 맡아 공(功)을 세우게 되었다고 한다.

· 百尺竿頭(백척간두) : 아주 높은 장대 끝에 오른 것과 같이 더 할 수 없이 위태하고 어려운 상태나 지경에 빠짐. 竿 : 장대 간

· 風前燈火(풍전등화) : 바람 앞의 등불이란 뜻으로 사물이 아주 위험한 상태에 있음을 말함.

· 命在頃刻(명재경각) : 금방 숨이 끊어질 지경에 이름. 즉, 거의 죽게 됨. 頃 : 지경(밭의 단위) 경, 刻 : 새길 각

· 危機一髮(위기일발) : 조금도 여유가 없는 위급한 상황에 다다른 순간. 髮 : 터럭 발

· 焦眉之急(초미지급) : 불길이 눈썹을 태울 지경이라는 뜻으로 매우 위급한 상황을 일컬음. 焦 : 탈 초, 眉 : 눈썹 미, 之 : 어조사 지, 急 : 급할 급

· 康衢煙月(강구연월) : 한가한 거리에 밥 짓는 연기 피어오르는 달밤이라는 뜻으로 太平聖代를 가리킴. 康 : 편안 강, 衢 : 네거리 구, 煙 : 연기 연, 연월(煙月)은 연기가 나고 달빛이 비친다는 뜻으로 태평한 세상의 평화로운 풍경을 말함.

· 鼓腹擊壤(고복격양) : 배를 두드리고 땅을 구르며 흥겨워한다는 뜻으로 의식이 풍부 하여 안락한 삶을 영위하는 태평성대를 말함. 鼓 : 북 고, 腹 : 배 복, 擊 : 칠 격, 壤 : 흙덩이 양

· 比屋可封(비옥가봉) : 늘어선 집마다 모두 표창해야 할 정도로 잘 다스려지는 세상. 比 : 견줄 비, 屋 : 집 옥, 可 : 옳을 가, 封 : 봉할 봉

· 太平聖代(태평성대) : 어진 임금이 나라를 잘 다스려 태평한 세상. 聖 : 성스러울·성 할 성

· 含飽鼓腹(함포고복) : 배불리 먹고 즐겁게 지냄. 즉, 태평성대를 이름(= 含哺鼓腹). 含 : 머금을 함, 飽 : 먹일 포

· 不俱戴天之讐(불구대천지수) : 함께 하늘을 이고 살 수 없는 원수라는 뜻으로 반드 시 죽여야할 철천지원수를 가리키는 말. 俱 : 함께 구, 戴 : 일· 이다 대, 讐 : 원수 수

· 雲泥之差(운니지차) : 하늘의 구름과 땅의 진흙처럼 큰 차이가 있음. 泥 : 진흙 니, 差 : 어긋날 차

· 百年偕老(백년해로) : 부부가 서로 사이좋고 즐겁게 함께 늙음. 偕 : 함께 해

· 偕老同穴(해로동혈) : 부부가 늙도록 같이 살고 죽어서는 같은 땅에 묻힘. 穴 : 구멍 혈

· 琴瑟相和(금슬상화) : 부부가 서로 화합함을 이름. 琴 : 거문고 금, 瑟 : 거문고 슬

· 桂玉之嘆(계옥지탄) : 땔감 구하기가 계수나무 구하는 것처럼 어렵고 식량이 옥처럼 귀하다는 뜻으로 생활이 곤궁함을 말함.

· 三旬九食(삼순구식) : 삼십일 동안 아홉 번밖에 먹지 못한다는 말로 몹시 가난함을 이름. 旬 : 열흘 순

· 截髮易酒(절발역주) : 부인의 머리를 잘라 술과 바꾸어 올 정도로 가난한 살림살이.
  截 : 끊을 절, 髮 : 터럭 발, 易 : 바꿀 역, 酒 : 술 주

[유래] 동진(東晉) 때 가난한 선비 도간(陶侃)의 집에 어느 날 손님이 찾아 왔는데 대접
(待接)할 것이 없자, 그의 어머니가 머리를 잘라 술을 사다가 대접(待接)했나 함.
자식에 대한 모정(母情)의 지극함을 뜻하기도 함.

· 南負女戴(남부여대) : 남자는 지고 여자는 인다는 뜻으로 가난한 사람이 떠돌아다니
  며 사는 모양을 이름. **負 : 질 부, 戴 : 일·이다 대**

· 十匙一飯(십시일반) : 열 술이 모아지면 한 사람 먹을 밥이 된다는 뜻으로 여러 사람
  이 힘을 합하면 한 사람을 구제하기가 쉽다는 의미(= 十匙一
  飯, 還成一飯). **匙 : 손가락 시, 飯 : 밥 반**

· 孤掌難鳴(고장난명) : 한 쪽 손바닥으로는 소리를 내기 어렵다는 뜻으로 혼자서는
  일을 성사시키기 어려움을 비유.

· 賊反荷杖(적반하장) : 도둑이 매를 든다는 뜻으로 잘못한 사람이 오히려 시비나 트
  집을 잡는 경우를 말함. **賊 : 도적 적, 反 : 돌이킬 반, 荷 : 멜
  하, 杖 : 지팡이 장**

· 主客顚倒(주객전도) : 사물의 輕重, 先後, 緩急의 순서가 뒤바뀜. **主 : 주인 주, 客 :
  손님 객, 顚 : 엎드러질 전, 倒 : 넘어질 도**

· 天崩之痛(천붕지통) : 하늘이 무너지는 것과 같은 슬픔이란 뜻으로 아버지가 돌아가
  심을 말. **崩 : 무너질 붕, 痛 : 아플 통**

· 叩盆之痛(고분지통) : 항아리를 두드리고 노래하며 느끼는 슬픔이라는 뜻으로 곧 아
  내의 죽음을 말함. **叩 : 두드릴 고, 盆 : 동이(그릇) 분**

· 鷄鳴拘盜(계명구도) : 얕은 꾀로 남을 속임. **鷄 : 닭 계, 鳴 : 울 명, 拘 : 잡을 구, 盜
  : 훔칠 도**

· 尸位素餐(시위소찬) : 공적도 없이 높은 자리에 앉아 녹만 축낸다는 뜻으로 직책을
  다하지 않고 자리만 차지하여 녹만 받아먹는 일. **尸 : 주검 시,**

位 : 자리 위, 素 : 흴·본디 소, 餐 : 밥·먹을 찬, 시위(尸位) : 옛날 제사(祭祀) 지낼 때에 신위(神位) 대신(代身)으로 앉히던 어린애의 자리.

· 脣亡齒寒(순망치한) : 입술이 없으면 이가 시리다는 뜻으로 서로 의지하는 사이에 있어 하나가 망하면 다른 하나도 온전하지 못함을 비유.

· 殃及池魚(앙급지어) : 재앙이 뜻하지 않게 아무런 죄도 없는 연못의 고기들에게까지 미친다는 뜻으로 이유 없이 화를 당하게 되는 것을 말함. 殃 : 재앙 앙

· 梁上君子(양상군자) : 대들보 위의 군자라는 뜻으로 집안에 들어온 도욱, 도둑을 미화하여 점잖체 부르는 말을 비유. 梁 : 들보 양

· 牛溲馬勃(우수마발) : 쇠오줌과 말 방귀라는 뜻으로 가치 없는 말이나 글 또는 천한 물건도 유용하게 약재와 같이 쓰일 수 있음을 비유. 牛 : 소 우, 溲 : 반죽할 수, 馬 : 말 마, 勃 : 일어날 발

· 燈下不明(등하불명) : 등잔 밑이 어둡다는 뜻으로 가까이 있는 것이나 가까이에서 일어나는 일은 오히려 먼 데 있는 것보다 알기 어렵다는 의미. 燈 : 등불 등

· 畵中之餅(화중지병) : 그림 속의 떡이란 뜻으로 아무 소용이 없는 것을 이름. 畵 : 그림 화, 餅 : 떡 병

· 螳螂拒轍(당랑거철) : 사마귀가 수레를 멈추려 한다는 뜻으로 제 분수도 모르고 덤벼드는 어리석음을 비유. 螳 : 사마귀 당, 螂 : 사마귀 랑(낭), 拒 : 막을 거, 轍 : 바퀴 자국 철

[유래] 제(齊)나라의 장공(莊公)이라는 사람이 사냥을 갔는데, 사마귀 한 마리가 다리를 들고 수레바퀴로 달려들었다. 그 광경을 본 장공(莊公)이 부하에게 벌레의 이름을 물었다. 이에 대답하기를 "저 놈은 사마귀라는 벌레인데, 저 벌레는 앞으로 나아갈 줄만 알고 물러설 줄 모르며, 제 힘은 생각지 않고 한결같이 적(敵)에 대항하는 놈입니다."라고 말했다. 이 말을 듣고 장공(莊公)이 말하기를

"이 벌레가 만약 사람이었다면 반드시 천하에 비길 데 없는 용사(勇士)였을 것이다."라며 그 용기(勇氣)에 감탄(感嘆)하여 수레를 돌려 사마귀를 피해서 가게 했다.

· 門前成市(문전성시) : 권세가나 부잣집 문 앞이 방문객으로 붐벼 저자를 방불케 한다는 의미(= 門前如市, 門庭如市). **庭 : 뜰 정**

· 喪家之狗(상가지구) : 초상집의 개 신세라는 뜻으로 여의고 기운 없이 초라한 꼴로 이리저리 얻어먹을 것을 찾아 기웃거리는 사람을 멸시하여 일컫는 말. **喪家는 초상집, 喪 : 죽을 상, 家 : 집 가**

· 首鼠兩端(수서양단) : 구멍에서 머리를 내밀고 나갈까 말까 망설이고 있는 쥐라는 말로 양 다리를 걸친 채 정세를 살피고 있는 상태나 애매한 태도를 가리킨다. **首 : 머리 수, 鼠 : 쥐 서, 兩 : 두 량(양), 端 : 끝 단**

· 因人成事(인인성사) : 남의 힘으로 일을 이루었다는 뜻으로 조나라의 모수와 관련된 고사에서 유래. **因 : 인할(말미암을) 인, 成 : 이룰 성, 事 : 일 사**

· 自暴自棄(자포자기) : 자신을 학대하는 자와 스스로 자신을 내던져버리는 자라는 뜻으로 몸가짐이나 행동을 아무렇게나 하여 자신을 돌보지 않는 것을 일컫는다. **自 : 스스로 자, 暴 : 사나울 포(폭), 棄 : 버릴 기**

· 左顧右眄(좌고우면) : 왼쪽을 바라보고 오른쪽을 돌아본다는 뜻으로 옆을 둘러보기만 하고 일을 결정짓지 못함을 이름. **顧 : 돌아볼 고, 眄 : 애꾸눈 면**

· 輾轉反側(전전반측) : 이리저리 뒤척이며 잠 못 이루는 모양을 뜻함. 곧 배필을 사모하는 마음에 밤새도록 뒤척이며 잠 못 이루는 모양을 말함. **輾 : 돌아누울·구를 전, 轉 : 구를 전, 反 : 되돌릴 반, 側 : 옆 측**

· 轍鮒之急(철부지급) : 수레바퀴 자국에 고여 있는 거의 말라 가는 물에서 괴로워하는 붕어라는 뜻으로 생활에 몹시 **쪼들린 사람이나 위급한 일**

이 눈앞에 닥친 사람을 비유(= 焦眉之急). 轍 : 바퀴 자국 철, 鮒 : 붕어 부, 之 : 갈 지, 急 : 급할 급, 철부(轍鮒)는 수레바퀴 자국 속의 붕어, 焦 : 그을릴 초, 眉 : 눈썹 미. 초미(焦眉)는 눈썹에 붙은 불이라는 의미로 위급한 상황을 의미, 초미(焦眉) 의 관심사.

· 狐假虎威(호가호위) : 여우가 범의 위세를 빌어 다른 짐승을 놀라게 한다는 뜻으로 남의 권세를 이용 위세 부리는 것을 비유. 狐 : 여우 호, 假 : 거짓 가, 虎 : 범 호, 威 : 위엄 위

· 風飛雹散(풍비박산) : 바람에 날리어 안개가 흩어지듯 한꺼번에 흩어짐을 비유. 風 : 바람 풍, 飛 : 날 비, 雹 : 우박 박, 散 : 흩을 산

· 寸鐵殺人(촌철살인) : 한 치밖에 안 되는 쇠붙이로 사람을 죽인다는 뜻으로 짤막한 경구로 사람의 의표를 찔러 핵심을 꿰뚫는 것을 비유. 寸 : 마디 촌, 鐵 : 쇠 철, 殺 : 죽일 살, 人 : 사람 인

· 牽强附會(견강부회) : 이치에 맞지 않는 것을 자기편에 유리하도록 억지로 둘러맞춤. 牽 : 이끌 견, 强 : 굳셀(강할) 강, 附 : 붙을 부, 會 : 모일 회

· 結者解之(결자해지) : 맺은 자가 풀어야 한다는 말로 자지가 저지른 일은 자기가 해 결해야 한다는 의미. 結 : 맺을 결, 解 : 풀 해

· 首丘初心(수구초심) : 여우는 죽을 때 머리를 자기가 살던 언덕 쪽을 향하고 죽는다 는 뜻으로 근본을 잊지 않거나 또는 고향을 생각하는 것을 일 컫는 말이다. 首 : 머리 수, 丘 : 언덕 구, 初 : 처음 초, 心 : 마 음 심

[유래] 은나라 말기 사람인 강태공(姜太公)이 주나라를 세운 공으로 제(齊)나라 영구 (營丘)에 봉해져 계속해서 오대(五代)에 이르기까지 살았으나 주(周)나라에 와 서 장례를 치렀다. 이를 두고 말하기를 "음악(音樂)은 그 자연적으로 발생하는 바를 즐기고 예는 그 근본(根本)을 잊지 않아야 한다." 옛사람의 말이 있어 말 하기를 "여우가 죽을 때 언덕에 머리를 바르게 하는 것은 인(仁)이다."라고 한 말에서 유래했다.

- 乞人憐天(걸인연천) : 거지가 하늘을 불쌍히 여긴다는 말로 자기 분수에 맞지 않는 언행을 비유. 乞 : 빌 걸, 人 : 사람 인, 憐 : 불쌍히 여길 연(련), 天 : 하늘 천

- 鯨戰鰕死(경전하사) : 고래 싸움에 새우가 죽는다는 뜻으로 강자가 싸우는 틈에 끼여 약자가 아무 상관없이 화를 당하는 것을 비유. 鯨 : 고래 경, 戰 : 싸울 전, 鰕 : 두꺼비 하, 死 : 죽을 사

- 簞食瓢飲(단사표음) : 한 광주리의 밥과 한 표주박의 물이란 뜻으로 가난하게 생활하지만 부끄러워하지 않고 도를 추구하며 살아감을 의미. 안빈낙도(安貧樂道)하는 조촐한 삶. 비슷한 말에 簞瓢陋巷(단표누항)이 있음. 簞 : 소쿠리 단, 食 : 밥 식, 瓢 : 바가지 표, 飲 : 마실 음, 陋 : 더러울 누(루), 巷 : 거리 항

- 善游者溺(선유자익) : 헤엄을 잘 치는 자가 익사한다는 뜻으로 자기의 능한 바를 믿다가 도리어 위험이나 재난에 빠지는 것을 이름. 游 : 헤엄칠 유, 溺 : 빠질 익(닉), 溺死(익사)

- 近墨者黑(근묵자흑) : 먹을 가까이하면 검어진다는 뜻으로 악한 사람을 가까이하면 그 버릇이 물들기 쉽다는 말. 近 : 가까울 근, 墨 : 먹 묵, 者 : 사람 자, 黑 : 검을 흑

- 近朱者赤(근주자적) : 붉은 것에 가까이하면 붉어진다는 뜻으로 사람이 그 환경에 따라 변해감을 일컬음. 近 : 가까울 근, 朱 : 붉을 주, 者 : 사람 자, 赤 : 붉을 적

- 秉燭夜遊(병촉야유) : 밤에도 촛불을 잡고 꽃구경을 하며 논다는 뜻. 秉 : 잡을 병, 燭 : 촛불 촉, 夜 : 밤 야, 遊 : 놀 유

- 鳶飛魚躍(연비어약) : 솔개가 하늘로 나는 것이나 물고기가 못에서 뛰는 것은 모두 자연스러운 道의 작용이어서 새나 물고기가 스스로 체득한 것이라는 뜻으로 대자연의 이치 곧 조화가 우주에 펼쳐져 있음을 말함. 또는 군자의 덕이 세상에 널리 미친 상태를 의미. 鳶 : 솔개 연, 飛 : 날 비, 魚 : 물고기 어, 躍 : 뛸 약

· 堤潰蟻穴(제궤의혈) : 큰 둑도 개미구멍으로 인하여 무너짐. 堤 : 둑 제, 潰 : 무너질 궤, 蟻 : 개미 의, 穴 : 구멍 혈

· 吐哺握髮(토포악발) : 밥을 먹다가도 그 밥을 토해내고, 머리를 감다가도 머리를 움 켜쥐고 뛰어나올 정도로 어진 선비를 맞이함(= 吐哺捉髮). 吐 : 토할 토, 哺 : 먹일 포, 握 : 쥘 악, 髮 : 터럭 발

· 鷄口牛後(계구우후) : 닭의 부리가 될지언정 쇠꼬리는 되지 말라는 뜻으로 큰 집단 의 말석 보다는 작은 집단의 우두머리가 낫다는 말. 鷄 : 닭 계, 口 : 입 구, 牛 : 소 우, 後 : 뒤 후

· 拈華微笑(염화미소) : 석가모니가 영취산에서 설법을 할 때 말없이 연꽃을 집어 들 고 제자들에게 어떤 뜻을 암시하니 오직 迦葉(가엽)만이 그 뜻 을 알고 소리 없이 미소를 지었다는 말에서 유래된 것으로 문 자와 말에 의하지 않고 마음에서 마음으로 전하는 일을 일컬 음(= 拈華示衆, 不立文字, 敎外別傳, 以心傳心, 心心相印). 拈 : 집을 염(념), 華 : 빛날 화, 微 : 작을 미, 笑 : 웃을 소

· 以心傳心(이심전심) : 말이나 글에 의하지 않고 마음에서 마음으로 전함. 以 : 써 이, 傳 : 전할 전

· 不立文字(불립문자) : 문자로써 세우지 않는다는 뜻으로 말과 문자에 의하지 않고 마음에서 마음으로 전함을 의미. 立 : 세울 입, 文 : 글월 문, 字 : 글자 자

· 敎外別傳(교외별전) : 禪宗(선종)에서 석가가 문자나 말에 의하지 않고 마음으로써 심원한 뜻을 전함. 즉 마음으로 전하는 가르침을 말함. 敎 : 가 르칠 교, 外 : 바깥 외, 別 : 나눌 별, 傳 : 전할 전

· 理判事判(이판사판) : 원래 이판과 사판은 불교 교단을 크게 양분해서 부르던 명칭 이었다. 즉, 이판은 주로 교리를 연구하고 수행에 주력하면서 득도의 길을 걸었던 학승을 말하고 사판은 수행에도 힘쓰지만 아울러 사찰의 행정업무나 살림살이 일체를 돌보던 사람들을 일컫는 말이었다. 그러던 것이 차츰 교구가 확장되고 사찰마

다 주지가 책임자가 되는 제도가 정착되면서 묘한 문제가 일어났다. 어떤 사찰에는 이판 출신의 승려가 주지가 되고 어떤 사찰에는 사판 출신의 승려가 주지가 되는 일이 생겼기 때문이다. 산사를 찾는 승려가 들어가면 대뜸 물어보는 것이 이판인가 사판인가 하는 것이었다. 때문에 산사를 찾는 승려들은 그 산사의 주지가 이판승 출신인지 사판승 출신인지를 잘 알아두는 것이 처신에도 유리했던 것이다. 이런 연유로 해서 '이판사판'이라는 성구가 나오게 되었다. 오늘날에는 원 유래와 상관없이 상태가 막다른 곳에 다다라 더이상 어쩔 수가 없게 되었을 때 자포자기하는 기분으로 결정을 내리는 것을 이르는 말로 쓰인다. **理 : 다스릴 이(리), 判 : 판단할 판, 事 : 일 사**

· 惹壇法席(야단법석) : 원래의 의미는 들판에 설치한 단 위의 부처님이 설법하는 자리를 말한다. 그랬던 것이 부처님이 설법을 하게 되면 수많은 대중들이 들판으로 모여들어 떠들썩했기 때문에 많은 사람들이 모여 부산을 떠는 것을 이렇게 표현하였다. **그래서 野壇法席(야단법석)으로 쓰기도 한다. 惹 : 이끌 야, 壇 : 단(제단, 마루) 단, 法 : 법 법, 席 : 자리 석, 野 : 들 야**

· 紅一點(홍 일 점) : 푸른 잎 가운데 한 송이 붉은 꽃이 피어 있다는 뜻으로 많은 남자들 사이에 있는 여자를 가리킴. **紅 : 붉을 홍, 點 : 점 점**

· 嚆 矢(효 시) : 크게 우는소리를 내는 신호용 화살을 말하는 것으로 옛날 開戰(개전)의 신호로 먼저 우는 화살을 적진에 쏘았다는 고사에서 유래. **일의 맨 처음을 뜻함. 嚆 : 울릴 효, 矢 : 화살 시**

· 濫觴(남 상) : 양자강 같은 큰 강도 근원을 따라 올라가면 술잔을 띄울 만한 細流(세류: 가늘게 흐르는 물)라는 뜻에서 유래. **즉 잔을 띄울 정도의 작은 샘이라는 뜻으로 사물의 연원을 말함. 濫 : 넘칠·띄울 남, 觴 : 술잔 상**

2부

한문의 이해

연습편

05장

한자어

1 단원 설정의 취지

본 장은 이 교재에서 학생들이 한자를 직접 쓸 수 있는 연습란을 배치한 첫 번째 부분이다. 학생들이 여러 한자어를 직접 쓰면서 익힐 수 있도록 다양한 어휘를 제시했다.

특별히 일상생활에서 자주 사용하는 한자어를 중점적으로 배치하려는 의도를 지닌다. 이를 통해 한자어에 대한 기본 지식을 습득할 수 있을 것이다.

2 학습 목표

· 한자어를 구성하는 한자의 음과 훈(소리와 뜻)을 정확히 이해한다.

· 한자어를 더 쉽게 알 수 있도록 부수를 설명한다.

· 학생들이 필순에 따라 한자를 쓸 수 있도록 한다. 이를 위해 인터넷 사전을 이용하는 방법을 함께 지도한다.

3 지도 및 평가의 유의점

· 두 개 이상의 음과 훈(소리와 뜻)을 지닌 한자가 적지 않기 때문에 한자의 음과 훈(소리와 뜻)을 정확히 설명한다.

· 학생들이 한자어를 더 쉽게 알 수 있도록 부수를 설명하며, 유의어와 반의어 등을 함께 활용한다.

· 한자를 순서에 맞게 바르게 쓸 수 있도록 자세히 지도한다.

■ 한자어 쓰기 연습 ☞ 교재 114쪽~137쪽

① 학습 목표

- 한자어를 구성하는 한자의 음과 훈을 정확히 이해한다.
- 학생들이 필순에 따라 한자를 쓸 수 있도록 안내한다.

② 지도 시 유의점

- 복습을 위해 05장 한자어에서 이미 배운 단어들이 나올 경우 다시금 알려준다.
- 다양한 사전 이용 방법을 지도한다.

③ 본문의 이해와 성찰

■ 한자어 해제

☞ 교재 114쪽

각오 : 깨달을 각(覺)과 배울 학(學)을 비교할 수 있음. '배우다'라는 뜻을 가진 학(學)에 볼 견(見)이 결합한 각(覺)은 '보고(見) 배운 것(學)'이라는 뜻임. 결국 자신이 미처 알지 못했던 것을 직접 보고 나서야 알게 됐다는 의미에서 '깨우치다'나 '터득하다'라는 뜻이 생겼음. 깨달을 오(悟)의 경우, ↑(심방변 심) + 吾(나 오)를 설명하면서 ↑ = 마음 심(心)임을 강조. ↑이 있으면 심리 작용과 관련된 글자임을 설명.

간과 : 볼 간(看)은 手(손 수)와 目(눈 목)이 결합한 모습. 간(看)은 눈 위에 손을 올려놓은 모습을 그린 것으로, 사물을 세심히 관찰하기 위해 눈언저리에 손을 갖다 대고 살펴보는 것. 그래서 간(看)은 단순히 '보다'가 아닌 '자세히 보다'라는 뜻이 있음. 지날 과(過)는 辶(쉬엄쉬엄 갈 착) + 咼(입 비뚤어질 괘)로, 辶은 '지나가다'라는 뜻이 있음.

간략 : 편지 간(簡)은 竹(대죽 죽) + 間(사이 간)으로, 종이가 발명되기 전 대나무가 종

이 역할을 대신했기에 사람들은 대나무에 글을 써서 책이나 편지로 이용했음. 줄일 략(略)은 田(밭 전)과 各(각각 각)이 결합한 것으로, 밭을 여러 사람이 나누는 모습임.

간부 : 줄기 간(幹)은 干(방패 간)과 倝(햇빛 빛나는 모양 간)이 결합한 것으로, 방패 간(干)은 원래 지지대에서 유래한 글자임. 나눌 부(部)는 咅(침 뱉을 부) + 阝(우부방 읍)으로, 阝은 고을, 나라 등 공간의 의미가 있음.

간사 : 간사할 간(奸)은 女(여자 녀(여))와 干(방패 간)이 결합한 것으로, 고대 중국에서는 여자를 남자보다 낮은 존재로 보았음. 그래서 한자 중에는 女를 사용해 부정적인 뜻을 나타낸 한자가 적지 않음. 간사할 사(邪)는 牙(어금니 아)와 邑(고을 읍)이 결합한 것으로, 글자에 이빨을 드러낸 모습이 부정적이었는지 사(邪)는 후에 '바르지 못하다'나 '사악하다'로 뜻으로 가차(假借)되었음. 그런데 한자는 유래와 다르게 가차, 전주되는 경우가 많아서 정확한 설명이 어려운 경우가 적지 않음. 수업을 진행하면서 이 점을 적절하게 설명할 것.

간절 : 정성 간(懇)은 豤(간절할 간)과 心(마음 심)이 결합한 것으로, 豕는 돼지 시로 돼지를 놓고 마음을 다해 기도하는 모습에서 유래했음. 끊을 절(切)은 七(일곱 칠)과 刀(칼 도)가 결합한 것으로, 刀를 사용한 글자는 '끊다, 베다, 나누다' 등의 뜻이 있음.

☞ 교재 115쪽

감상 : 거울 감(鑑)은 金(쇠 금)과 監(볼 감)이 결합한 것으로, 鑑자에 쓰인 監은 그릇에 비친 자신을 바라보고 있는 모습임. '보다'라는 뜻을 가진 監에 金가 더해진 鑑은 '자신을 비춰보는 금속'이라는 뜻인데, 고대에는 청동의 한쪽을 매끄럽게 갈아 '거울'로 사용했음. 즐길 상(賞)은 尙(오히려 상)과 貝(조개 패)가 결합한 것으로, 고대에는 조개가 돈의 역할을 했기 때문에 貝를 사용한 글자는 대부분 재물과 관련이 있음.

감옥 : 옥에 갇힌 사람을 보고 있는(감시하고 있는) 곳. 옥 옥(獄)은 마주 보며 짖는 두

마리의 개를 상형한 글자로, 犭은 개 견(犬)과 같은 글자이며 언(言)은 개 짖는 소리임.

강직 : 강할 강(剛)은 岡(산등성이 강)과 刀(칼 도)가 결합한 것임. 갑골문에 나온 剛은 网(그물 망)과 刀가 결합한 것으로, 그물망이 '견고하다'라는 뜻을 표현한 것임. 칼로 그물을 찢는 것이 아니라 칼에도 찢기지 않는 그물이라는 뜻임. 곧을 직 (直)의 갑골문을 보면 단순히 目(눈 목)자 위에 획이 하나 그어져 있음. 이것은 눈이 기울어지지 않았음을 표현한 것으로, 금문에서부터 눈을 감싼 형태의 획 이 하나 더해져 '곧다'라는 뜻을 더욱 강조하게 되었음.

강철 : 강철 강(鋼)과 쇠 철(鐵)은 모두 쇠 즉 금속에 관한 것이어서 쇠 금(金)을 부수 로 사용함.

개입 : 끼일 개(介)는 人(사람 인) 아래에 두 개의 획이 그어져 있는 것으로, 갑골문을 보면 人 옆으로 4개의 점이 찍혀 있음. 이는 갑옷을 끼어 입는다는 뜻임. 고대 중국의 갑옷은 철 조각을 이어 붙인 것이었고 쉽게 벗겨지지 않도록 끈을 조여 입었음. 그래서 介자는 이렇게 꽉 조여 입는 갑옷이라는 의미에서 '사이에 끼 다'라는 뜻을 가지게 되었고, 갑옷은 혼자 입기 어려웠기 '도움'이나 '시중'이라 는 뜻도 파생되었음.

개척 : 열 개(開)는 양손으로 빗장을 푸는 모습을 표현한 것으로, '열다'나 '열리다'라 는 뜻이 생겼지만, 이외에도 '깨우치다'나 '시작하다'와 같은 의미가 파생되었 음. 열 척(拓)은 手(손 수)와 石(돌 석)이 결합한 것으로, 땅을 개간하기 위해서 손으로 돌을 옮긴다는 뜻을 표현한 것임.

☞ 교재 116쪽

개탄 : 분개할 개(慨)는 忄(심방변 심)과 旣(이미 기)가 결합한 것으로, 忄은 心(마음 심)으로, 심리 작용에 관한 글자. 탄식할 탄(歎)은 難(어려울 난)의 생략자와 欠 (하품 흠)이 결합한 것으로, 탄(歎)은 근심·걱정에 한숨을 내쉬는 모습을 표현한 것임.

개혁 : 고칠 혁(革)은 가죽이라는 뜻도 있음. 그런데 가죽을 얻기 위해서는 동물을 잡아 털을 깎고 가죽을 벗긴 다음 여러 차례 가공을 해야 함. 이전의 모습을 찾을 수 없기 때문에 혁(革)은 가죽 외에도 '고치다'라는 뜻이 파생되었음.

거리 : 떨어질 거(距)는 足(발 족)과 巨(클 거)가 결합한 것으로, 발 족(足)은 발과 관련된 행위인 '이동, 거리'의 뜻이 있음.

거부 : 막을 거(拒)는 手(손 수)와 巨(클 거)가 결합한 것으로, 손으로 막는 뜻임.

건강 : 굳셀 건(建)과 세울 건(建)의 차이를 설명함. 편안할 강(康)은 탈곡기에서 곡식의 낱알이 떨어지는 모습을 표현한 것임. 여기에서 '편안하다'라는 뜻이 파생됨.

견직 : 명주 견(絹)과 짤 직(織) 모두 가는 실 사(糸)를 부수로 하는데, 누에고치에서 뽑은 실을 묶어 만든 실타래를 그린 것임. 糸가 있는 글자는 대부분 실과 관련된 글자임. 명주 견(絹)은 비단실을, 짤 직(織)은 실을 짜는 행위를 말한 것임.

☞ 교재 117쪽

결석 : 이지러질 결(缺)은 한쪽 귀퉁이가 떨어져 없어진 그릇을 의미함. 缶(장군 부)는 손잡이가 있는 항아리인데, 터질 쾌(夬)가 결합하면서 손잡이가 떨어져 제구실을 못 하는 항아리라는 뜻이 되었음.

겸양 : 겸손할 겸(謙)은 言(말씀 언)과 兼(겸할 겸)이 결합한 것으로, 兼은 벼 다발을 손에 쥐고 있는 모습으로, '아우르다'나 '겸하다'라는 뜻이 있음. 兼과 言이 결합하면서 '말에 인격과 소양이 두루 갖추어져 있다'라는 의미에서 '겸손하다'라는 뜻이 되었음. 사양할 양(讓)은 言(말씀 언)과 襄(도울 양)이 결합한 것으로, 襄은 상(喪)을 당해 슬픔에 잠겨있는 사람을 표현한 것임. 아픔을 겪고 있는 사람을 뜻하는 襄에 言을 결합한 讓은 힘든 상황에 놓인 사람을 '(말로) 도와주다'라는 뜻으로, 힘든 일을 겪고 있는 사람에게 많은 것을 양보해준다는 의미에서 '양보하다'나 '사양하다'라는 뜻이 되었음.

겸직 : **겸양 참조.**

경계 : 경계할 경(警)에서 공경할 경(敬)은 귀를 쫑긋 세우고 있는 개와 몽둥이를 함께 그린 것으로, 주변을 경계하고 있는 모습임. 여기에 말씀 언(言)이 결합하면서 말로 주의를 환기한다는 뜻이 되었음. 경계할 계(戒)는 戈(창 과)과 廾(두손 받들 공)이 결합한 것으로, 두 손으로 창을 들고 주위를 경계하는 뜻임.

경로 : 경계 참조. 늙을 로(老)는 '늙다'나 '익숙하다'라는 뜻으로, 오랜 경험을 지닌 노인은 공경의 대상이었음. 노인을 그린 老는 '늙다'나 '쇠약하다'라는 뜻 외에도 '공경하다'나 '노련하다'와 같은 뜻이 있음. 老자의 갑골문을 보면 머리가 헝클어진 노인이 지팡이를 짚고 있는 모습임.

경제 : 경세제민(經世濟民)의 준말. 세상을 경영하고 백성을 구제함. **ECONOMY**의 번역어. 지날 경(經)은 비단실을 짤 때 세로 방향의 날실을 의미함. 종이가 발명되기 전에는 대나무를 실로 엮어서 책을 만들었기에 '지나다'는 뜻 이외에도 책을 의미하는 '경서(經書)'라는 뜻이 생겼음.

☞ 교재 118쪽

계몽 : 계몽은 의미상 지식수준이 낮거나 어린아이를 대상으로 하는 것임. 열 계(啓)를 구성하는 戶는 외닫이 문을, 또는 손을 그린 것으로 문을 열어젖히는 모습을 표현한 것임. 여기에 口까지 더해진 것은 문을 열어 누군가를 깨운다는 뜻임. 어두울 몽(蒙)은 '어리석다'라는 뜻이 있음.

계약 : 맺을 계(契)는 大(큰 대)와 㓞(새길 계)가 결합한 것으로, 㓞는 칼(刀)로 목판에 무늬(丰)를 새기는 모습을 그린 것임. 목판에 무늬를 새기는 것은 지워지지 않는 굳은 결의를 연상케 했고, 후에 굳은 약속으로 '언약'이나 '계약'이라는 뜻이 되었음. 맺을 약(約)은 실타래를 묶어 놓은 모습을 그린 糸자를 응용해 '묶다'라는 뜻 외에도 '약속하다'나 '맺다'라는 뜻이 파생되었음.

고갈 : 마를 고(枯)는 木(나무 목)과 古(옛 고)가 결합한 것으로, 古는 '옛날'이나 '오래

되다'라는 뜻임. 여기에서 '마르다'나 '약해지다'라는 것은 병에 걸려 고사 상태에 놓인 나무로, 나무가 오래되어 마르거나 약해졌다는 뜻임. 목마를 갈(渴)은 '목마르다'나 '갈증이 나다', '갈구하다'라는 뜻이 있음. 曷(어찌 갈)은 발음 역할만 하고 있음.

고독 : 외로울 고(孤)는 子(아들 자)와 瓜(오이 과)가 결합한 것으로, 瓜자는 덩굴줄기에 외로이 매달려 있는 열매를 그린 것임. 여기에서 외롭고 고독한 아이라는 뜻이 파생되었음. 예) 고아(孤兒). 홀로 독(獨)은 개 견(犬)과 벌레 촉(蜀, 虫)이 결합한 것이지만 정확한 어원을 알지 못함.

고려 : 상고할 고(考)는 생각할 고(考)이기도 함. 생각할 려(慮)는 주로 근심이나 걱정을 의미함. 범 호(虎)을 만나 생각[心]을 하게 되면서 만들어진 글자임.

고려 : 918년 왕건이 궁예를 내쫓고 개성에 세운 나라.

☞ 교재 119쪽

고립 : 고독 참조.

고희 : 중국 당나라 시인 두보의 시 구절의 일부, '인생에서 일흔 살까지 사는 것은 예로부터 드물었네' 즉 인생칠십고래희(人生七十古來稀)에서 발췌한 것임.

공격 : 칠 공(攻)과 칠 격(擊)의 부수인 칠 복(攴)과 손 수(手)는 손과 관련된 행위를 의미함.

공급 : 공급의 반의어는 수요(需要)임. 쓸 수(需)와 필요할 요(要). 이바지할 공(供)은 쉽게 줄 공(供)으로 설명할 수 있음. 우리말 이바지의 뜻을 함께 설명할 수 있음. 줄 급(給)은 실 사(糸) 즉 실이 계속 이어지는 모양에서 유래함.

공포 : 두려울 공(恐)과 두려워할 포(怖) 모두 심리 현상에 관한 글자로, 부수가 心, ㅏ임.

공헌 : 바칠 공(貢)의 부수는 조개 패(貝)임. 감상(鑑賞) 참조. 바칠 헌(獻)은 제사를 지내는 솥에 제물로 개를 바치는 모습을 표현한 것으로, 일반적으로 윗사람에게 바칠 때 쓰는 글자임. 예) 헌금(獻金), 헌납(獻納), 헌수(獻壽).

☞ 교재 120쪽

관계 : 빗장 관(關)의 금문을 보면 門자에 긴 막대기 두 개가 걸려 있는 것으로, 문을 열쇠로 잠갔다는 뜻임. 본래 의미는 '닫다'나 '가두다'였는데 후에 '관계하다'라는 뜻이 생겼음. 둘 이상의 친밀한 관계가 단단히 묶여있음. 맬 계(係)는 人(사람 인)자와 系(이을 계)자가 결합한 것으로, 사람과 사람 사이의 관계를 '잇다'라는 뜻임.

관광 : 본래 뜻은 이웃 나라의 빛나는 문물을 돌아본다는 것임.

관대 : 너그럽게 대접하다라는 뜻임. 마음이 너그럽고 크다는 '관대(寬大)하다'와는 다른 뜻임. 너그러울 관(寬)은 본래 넓은 크기로 지어졌던 방을 뜻했으나 후에 사람의 심성이나 배포를 넓은 방에 비유하게 되면서 '너그럽다'나 관대하다'라는 뜻이 되었음. 기다릴 대(待)는 彳(조금 걸을 척)과 寺(절 사)가 결합한 것으로, 중국이 불교를 받아들이기 이전까지는 寺는 '관청'이라는 뜻이었음. 관청은 행정을 담당하던 곳이었으나 업무를 처리하는 속도가 매우 더디었기에 待는 '관청을 가다'를 뜻하다가 후에 '기다리다'라는 뜻이 되었음. 모실 시(侍)는 사람이 관청의 관리를 모시고 있는 글자임.

관례 : 익숙할 관(慣)은 心(마음 심)과 貫(꿸 관)이 결합한 것으로, 무언가를 고정하는 모습을 그린 貫에 心이 결합하면서 익숙해진 '습관'이나 '버릇'을 뜻하게 되었음. 법식 례(例)는 人(사람 인)과 列(벌릴 렬)이 결합한 것으로, 순서를 매긴다는 것을 뜻하는 列에 人이 결합하면서 '사람이 지켜야 할 순서'라는 뜻으로 만들어졌음.

관통 : 관례 참조.

괴상 : 괴이한 모양. 형상(形狀)은 모양과 같은 뜻임.

☞ 교재 121쪽

교외 : 들 교(郊)의 부수 阝은 우부방 읍(邑)으로, 사람이 사는 곳이나 지명, 공간 등을 나타냄.

교체 : 바꿀 교(交)는 '다리를 꼰 채로 서 있는 사람'의 상형. 이에 말미암아 교차(交叉)가 본뜻이며 '서로, 사귀다' 등이 파생되었음. 바꿀 체(替)는 쇠퇴하다라는 뜻이 있음. 금문에서는 한 사람이 다른 사람의 도움을 받아 함정을 벗어나는 모양인데 본뜻이 밝혀지지 않은 채 폐기, 소멸, 쇠미 등으로 쓰이다가 중세부터 '바꾸다'라는 뜻이 되었음.

구비 : 갖출 구(具)는 어원상 정확한 유래를 알기 어려움. 갖출 비(備)는 화살을 화살통에 넣은 모양에서 유래함.

구상 : 얽을 구(構)는 부수가 나무 목(木)인 것처럼 나무를 쌓은 모양에서 유래함. 생각 상(想)은 사상(思想)이라는 단어처럼 심(心)을 부수로 함.

구속 : 잡을 구(拘)는 손 수(手)로 잡는 모양을, 묶을 속(束)은 부수인 나무 목(木)을 묶어 놓은 모양에서 유래함.

구역 : 지경 구(區)는 나눌 구로 쓰이는데, 선반 위에 여러 그릇이 있는 모양에서 유래함. 지경 역(域)은 土(흙 토)와 或(혹시 혹)이 결합한 것으로, 或은 창을 들고 성(城)을 지키는 모습을 그린 것임. 여기에서 영역(領域)으로 뜻이 파생됨.

☞ 교재 122쪽

국제 : 구역(區域) 참조. 혹시 혹(或)에 에운담 위(囗)가 더해지면서 영역(領域)이 나라로 확대됨. 사이 제(際)는 阜(阝, 언덕 부)와 祭(제사 제)가 결합한 것으로, 祭는 '제사'라는 뜻이 있지만, 여기에서는 발음역할만 함. 際는 본래 '서로 맞닿아 있

다'라는 뜻을 위해 만든 글자임.

굴복 : 머리를 숙이고 엎드려 있는 모양. 굴복(屈服)은 복종한다는 뜻.

귀신 : 귀신 귀(鬼)는 갑골문에서 가면을 쓰고 귀신으로 분장하고 앉거나 서 있는 무당을 상형한 것인데 이후에 뜻이 변했음. 귀신 신(神)은 뜻을 나타내는 보일 시(示=礻)와 소리를 나타내는 申(신)이 결합한 것으로, 보일 시(示=礻)는 제물을 신에게 보인다는 뜻임. 해당 글자는 신이나 제사 등과 관련된 글자에 주로 쓰임.

귀천 : 반의관계 빈부(貧富)와 귀천(貴賤).

규모 : 크기와 범위의 의미로 많이 사용하지만 기본 의미는 본보기라는 뜻임.

균열 : 거북 귀(龜)는 갑골문의 상형문자로, 거북의 갈라진 등 껍데기에서 착안해 '터지다'나 '갈라지다'라는 뜻이 생겼음. 이때는 '균'으로 발음함.

☞ 교재 123쪽

균형 : 고를 균(均)은 본래 땅이 평평한 모양에서 유래함. 저울대 형(衡)은 저울판과 저울추와 저울대가 있는 예전 저울에서 유래한 글자임.

근무 : 부지런할 근(勤)과 힘쓸 무(務)는 모두 힘 력(力)을 부수로 함.

근신 : 삼갈 근(謹)은 말을 삼가는 것을, 삼갈 신(愼)은 마음을 삼가는 것을 의미함.

금수 : 날짐승 금(禽)과 길짐승 수(獸)은 모두 짐승을 뜻하지만 날짐승 금은 날아다니는 짐승을, 길짐승 수는 기어 다니는 짐승을 의미함. 반의관계임. 날짐승 금은 새를 잡는 그물과 같은 도구에서 유래했기에 '사로잡다'라는 뜻이 생겼음.

금슬 : 거문고와 비파의 조화로운 소리를 뜻하는데, 부부간의 정을 의미함.

긍정 : 그러하다고 인정함. 반의어는 부정(否定)으로 '그렇지 않다고 인정함'임. 부정(不定)은 '일정하지 않음'을, 부정(不正)은 '바르지 않음'을 뜻함.

기강 : 벼리는 그물을 잡아당겨 그물을 오므리고 펴는 줄을 의미함.

기도 : 귀신 참조.

기록 : 말을 적고, 쇠에 말을 새김.

기물 : 그릇 기(器)는 개 견(犬)과 네 개의 구(口)로 구성되었는데, 구(口)는 제사에 쓰던 귀한 그릇, 진귀한 보물을 담아둔 상자라는 뜻이 있음. 후에 '도구, 인재' 등의 뜻이 생겼음. 만물 물(物)은 소 우(牛)와 말 물(勿)이 결합한 것으로, '여러 색깔의 흙, 잡색의 소'를 뜻하다가 '물건과 만물'을 의미하게 되었음.

기술 : 재주 기(技)와 재수 술(術) 모두 손으로 하는 재주를 의미함.

기억 : 기록 참조.

기이 : 기이할 기(奇)는 곡괭이 위에 사람이 올라간 모양에서 유래함. 다를 이(異)는 얼굴에 이상한 가면을 쓴 사람을 그린 데에서 유래함.

기초 : 터 기(基)와 주춧돌 초(礎)는 흙과 돌을 쌓은 모양에서 유래함. 건물에 있는 초석(礎石)을 예로 설명할 수 있음.

기탄 : 꺼릴 기(忌)와 꺼릴 탄(憚) 모두 심리 현상에 관한 글자로, 부수가 心, 忄임.

기획 : 도모할 기(企)는 '꾀하다, 계획하다'라는 뜻이 있음.

긴장 : 굳게 얽을 긴(緊)과 베풀 장(張) 모두 부풀어 오르는 것, 팽팽한 상태를 가리킴.

납부 : 들일 납(納)과 줄 부(付)는 모두 '바치다'라는 뜻이 있음. 그래서 세금이나 공과금 따위를 관계 기관에 낸다는 뜻이 되었음.

☞ 교재 126쪽

낭자 : 예전에 처녀나 젊은 여자를 높여 이르던 말.

노고 : 일할 로(勞)는 힘 력(力)을 부수로 함.

노력 : 노고, 간사 참조.

노비 : 노고, 간사 참조.

농담 : 희롱할 롱(弄)은 두 손으로 옥을 갖고 노는 모양에서 유래함.

농담 : 짙을 농(濃)과 묽을 담(淡)은 모두 부수가 물 수(氵=水)인데, 먹물의 진하기를 물로 조절한다고 설명할 수 있음.

☞ 교재 127쪽

다과 : 차와 과실. 차와 과자를 뜻하는 것은 다과(茶菓)임.

단결 : 둥글 단(團)은 '둥글다, 모이다, 집단'이라는 뜻이 있음. 둥글게 뭉친다에서 유래함. 맺을 결(結)은 실이 이어지는 과정을 뜻했는데, 후에 '맺다, 모으다, 묶다'라는 뜻이 생김.

단수 : 끊을 단(斷)은 실로 연결된 것을 도끼 근(斤)로 끊는 데에서 유래함.

담당 : 멜 담(擔)은 어깨에 걸치는 행위를 의미함.

답사 : 거리 참조.

대본 : 누대 대(臺)는 높은 건축물을 의미함. 근본 본(本)은 책이라는 뜻도 있음. 예) 손으로 써서 만든 책을 필사본(筆寫本)이라고 함. 일본에서는 서점을 本屋라고 함.

☞ 교재 128쪽

대열 : 대 대(隊)는 阜(阝, 언덕 부)와 豕(멧돼지 수)자가 결합한 것으로 '무리, 떼, 군
　　　대'의 뜻이 되었음.

대조 : 대답할 대(對)는 마주할 대이기도 한데, 촛대의 불을 밝힌 채 누군가(무언가)를
　　　마주하고 있는 모습임. 비출 조(照)의 부수 연화발 화(灬)는 불 화(火)로, 타오
　　　르는 불꽃 모양을 본뜬 것임. 불이나 불을 다루는 연장과 관련되어 있음.

도야 : 흙 그릇을 만드는 일과 쇠를 주조하는 일. 이 일에 사람의 몸과 마음을 닦는 일
　　　을 비유함.

도약 : 거리 참조. 발 족(足)을 부수로 하는 글자임.

도적 : 도둑 적(賊)은 재물[貝] 앞에 창[戈]을 들고 있는 사람을 그린 것으로, 무력으로
　　　재물을 강탈하는 것을 의미함.

도전 : 싸울 전(戰)은 창 과(戈)를 들고 싸우는 모습에서 유래함.

☞ 교재 129쪽

도화 : 복숭아 나무 도(桃)는 부수가 나무 목(木)이고, 꽃 화(花)의 부수는 초두머리 초
　　　(艹=艸)임. 풀 초(艸)가 부수로 머리에 쓰일 때는 艹으로, 명칭은 초두머리로 바
　　　뀜. 해당 글자는 초목의 새싹이 돋아나는 모양에서 풀의 싹을 나타낸 것임, 풀
　　　또는 풀로 만든 것과 관련되어 있음.

독감 : 감기(感氣)는 우리나라 한자어. 지독한 감기라는 뜻에서 독감(毒感)이라고 함.

독려 : 살펴볼 독(督)과 힘쓸 려(勵) 모두 부수를 통해 글자의 의미를 알 수 있음.

돈독 : 도타울 돈(敦)과 도타울 독(篤)에서 도탑다(두텁다)는 '서로의 관계에 사랑이 인
　　　정이 많고 깊은 것'을 의미함.

돈사 : 돼지 돈(豚)은 ⺼(육달월 월)과 豕(돼지 시)가 결합한 것으로, 돈(豚)에 쓰인 육
　　　달월 월(⺼)은 '고기'를 뜻하는 肉(고기 육)이 변형된 것임. 시(豕)가 더해진 돈
　　　(豚)은 '돼지고기'나 '식용돼지'라는 뜻임.

돌파 : 갑자기 돌(突)은 구멍에서 개가 뛰어나오는 상황을, 깨뜨릴 파(破)는 石(돌 석)과
　　　皮(가죽 피)가 결합한 것으로, 皮는 동물의 가죽을 벗기는 모습을 그린 것임. 여
　　　기에 石이 더해진 破자는 "돌을 벗기다", 즉 "돌을 깨부순다."라는 뜻이 되었음.

☞ 교재 130쪽

동상 : 얼 동(凍)은 부수가 얼음 빙(冫)으로, 단독으로 쓸 때는 빙(氷)으로 쓴다는 것을
　　　설명함. 다칠 상(傷)은 사람 인(人)이 화살 시(矢)에 맞은 모습에서 유래함.

동상 : 동상(銅像). 구리로 만든 사람의 모습. 강철 참조.

막후 : 막 막(幕)은 장막을 의미함. 없을 막(莫)과 수건 건(巾)의 결합. 수건 즉 천으로
　　　가리어 놓은 모습.

망극 : 망(罔)은 그물 망이기도 하지만 없을 망이기도 함. 罔 안에 없을 망(亡)이 있음.
　　　다할 극(極)은 끝이라는 뜻이 있음. 예) 북극(北極), 남극(南極). 다할 극은 필순
　　　이 복잡해 필순을 자세히 설명할 필요가 있음.

망상 : 망령 망(妄)은 없을 망(亡)과 여자 여(女)가 결합한 글자. 간사 참조.

매개 : 중매 매(媒)는 고대 중국에서 여자 노파가 남자와 여자 사이에 중매를 서던 풍
　　　습에서 유래함. 개입(介入) 참조.

☞ 교재 131쪽

매몰 : 묻을 매(埋)는 보이지 않게 땅에 묻혀 있다는 뜻, 빠질 몰(沒)도 물에 빠져 보
　　　이지 않는다는 뜻. 그래서 매몰은 보이지 않게 땅에 파묻거나 파묻혀 있다는

뜻임.

매화 : 도화 참조.

맥락 : 육달월 월(月)을 부수로 하는 줄기 맥(脈)은 맥박(脈搏)이라는 단어처럼 핏줄기를 뜻함. 이을 락(絡)은 가는 실 사(糸)를 부수로 함.

맹방 : 맹세 맹(盟)은 고대 중국에서 제후들이 피나 술을 皿(그릇 명)에 담아 함께 마시며 맹세하던 풍습에서 유래한 글자. 나라 방(邦)은 같은 부수 阝(우부방 읍)를 사용하는 간부 참조.

맹수 : 금수 참조.

맹점 : 없을 망(亡)과 눈 목(目)이 결합한 소경 맹(盲)의 소경은 시각장애인을 낮잡아 이르는 말임. 그래서 '눈이 멀다, 어둡다'라는 뜻으로 설명할 수 있음. 맹점은 '세상 물정에 어둡다'처럼, 미처 생각지 못한 점이라고 설명할 수 있음.

☞ 교재 132쪽

명경 : 감상 참조.

명복 : 어두울 명(冥)은 저승(반대말 이승)을 의미함.

명심 : 감상 참조. 새길 명(銘)은 금속판에 이름을 새김으로써 오래도록 보존한다는 것을 이름.

모순 : 앞뒤 또는 두 사실이 서로 맞지 않는, 모순의 다음 유래를 이야기할 수 있음. "중국 전국시대 초나라에 무기 상인이 시장에서 창과 방패를 팔면서, 방패를 가리켜 아주 견고하여 어떤 창이라도 막아낼 수 있다고 말하고, 곧이어 창을 가리키면서 어떤 방패라도 단번에 뚫어 버린다고 했다. 구경꾼 중 한 명이 이 창과 방패가 서로 부딪치면 어떤 일이 일어나는지 묻자, 상인은 말문이 막혀 서둘러 달아나고 말았다."

목욕 : 물로 몸을 씻는 행위를 뜻하는 목욕(沐浴)의 부수는 모두 물 수(氵)임.

무역 : 바꿀 무(貿)의 부수는 재물을 의미하는 貝(조개 패)로, 고대에는 조개가 돈의 역
할을 했기 때문에 貝를 사용한 글자는 대부분 재물과 관련이 있음. 바꿀 역(易)
은 쉬울 이(易)이기도 함.

☞ 교재 133쪽

무산 : 안개 무(霧)는 비 우(雨)와 힘쓸 무(務)가 결합한 글자. 雨를 부수로 하는 구름
운(雲), 눈 설(雪), 이슬 로(露) 등을 함께 설명함.

미묘 : 작을 미(微)는 '작다, 정교하다, 꼼꼼하다' 등의 뜻이 있음.

미혹 : 미혹하다는 '헷갈리다, 헤매다' 등의 뜻이 있음. 미혹할 미(迷)는 '길을 헤매다,
길을 잃다'의 뜻임.

밀월 : 밀월은 본래 꿈처럼 달콤한 달이라는 뜻으로, 결혼 직후의 즐겁고 행복한 시기
즉 허니문(honeymoon)을 의미함. 그러나 친밀한 관계를 비유적으로 이르는 말
로 더 많이 쓰임. 예) 밀월관계

박빙 : 본래 살짝 얼어 두께가 얇은 얼음이라는 뜻이지만 거의 차이가 나지 않음을 비
유적으로 이르는 말로 더 많이 쓰임. 예) 박빙의 승부

박식 : 열 십(十)과 사나이 보(甫)와 마디 촌(寸)이 결합한 것으로, 열 십(十)은 횡선과
종선이 교차하는 중심으로 '넓다'라는 뜻을, 사나이 보(甫)는 본래 '밭 포(圃)'이
며 마디 촌(寸)은 팔꿈치 주(肘)의 본자임. 그래서 박(博)'넓은 밭에도 손으로
식물을 재배함'인데 후에 '사방에 널리 퍼져 있는 일을 두루 아는 것'까지 의미
하게 되었음. 알 식(識)은 적을 지(識)이기도 함. 예) 후지(後識), 책 마지막에 쓰
는 글.

☞ 교재 134쪽

반란 : 배반할 반(叛)은 '돌아가다, 뒤집다, 반대하다'를 의미하는 반(反)이 사용되었는
데, 영어에서도 반란은 '다시, 반대의'를 의미하는 접두어 're-'를 사용하는
rebellion, rebel 등이 있음.

발탁 : **뺄 발(拔)**과 **뽑을 탁(擢)**은 모두 손으로 하는 행위임. 그래서 扌 즉 손 수(手)를
부수로 사용함.

배가 : **곱 배(倍)**는 사람 인(人)과 침 부(咅)가 결합한 것으로, 어원을 정확히 알기 어
려움. 더할 가는 힘 력(力)과 입 구(口)가 결합한 것으로, 힘을 내라고 소리치는
입 모양에서 유래함.

배려 : **고려(考慮)** 참조.

배양 : **배가(倍加)** 참조. 식물 등을 북돋아 기른다는 뜻이지만 인격이나 실력 등을 키
우는 뜻으로도 쓰임.

배척 : 밀칠 배는 손 수(扌=手)와 아닐 비(非)가 결합한 것으로, 손으로 미는 행위를 의
미함. 척(斥)은 도끼 근(斤)을 부수로 함. 이것을 부수로 하는 글자는 '자르다',
'베다'라는 뜻이 있음.

☞ 교재 135쪽

백미 : 흰 눈썹이라는 뜻으로, 여럿 중에서 가장 뛰어난 사람이나 훌륭한 물건을 비유
적으로 이르는 말.『삼국지』에서 유래한 것으로 중국 촉한(蜀漢) 때 마씨(馬氏)
다섯 형제가 모두 재주가 있었는데 그중에서도 눈썹 속에 흰 털이 난 마량(馬
良)이 가장 뛰어났다는 데서 유래했음.

번역 : 뒤칠 번(翻)은 뒤집을 번이기도 함. 새가 몸을 뒤집듯 외국어를 모국어로 바꾼
다는 뜻에서 '번역하다'라는 뜻이 생겼음.

범위 : 둘레 위(圍)는 본래 '둘러싸다, 에워싸다, 포위하다'라는 뜻인데, 후에 '둘레'라

는 뜻도 파생되었음.

범칭 : 자칭(自稱), 타칭(他稱)도 함께 설명할 수 있음.

벽안 : 눈동자가 파란 외국인, 특히 서양인을 이르는 말.

변제 : 분별할 변(辨)은 辡(따질 변)과 刀(칼 도)가 결합한 것으로, 죄인 둘이 서로 다
투고 있는데 잘잘못을 분별한다는 뜻임. 건널 제(濟)는 구제할 제(濟)이기도 함.

☞ 교재 136쪽

변호 : 말 잘할 변(辯)은 辡(따질 변)과 言(말씀 언)이 결합한 것으로, 죄인 둘이 서로
다투고 있는데 누구의 말이 옳은지 그른지를 대변해준다는 뜻임. 보호할 호(護)
는 言(말씀 언)과 蒦(자 확)이 결합한 것으로, 獲(잡을 획)처럼 蒦(자 확)은 '잡
히다'라는 뜻이 있음. '말로 붙잡다'라는 뜻의 護는 후에 '보호하다'나 '돕다'와
같이 누군가의 안전을 지킨다는 뜻이 생겼음.

병립 : 병립(竝立)은 모두 사람이 서 있는 모양에서 유래함. 竝은 두 개의 立(설 립)을
함께 그린 것으로, 立은 땅 위에 서 있는 사람을 그린 것이고, 竝은 사람이 나
란히 서 있는 모습을 그린 것임. 사람이 나란히 서 있다는 의미에서 '나란히'나
'함께 하다'라는 뜻이 되었음.

보고 : 보배는 우리말. 보배 보(寶)는 집 안에 옥 옥(玉)과 장군 부(缶)과 조개 패(貝)
등이 보배가 있는 것을 그림. 창고 고(庫)는 수레[車]를 보관하는 창고임.

보조 : 도울 보(補)는 본래 떨어지거나 해어진 곳을 꿰맨다는 '깁다'라는 뜻임. 후에
'보태다, 채우다, 고치다'라는 뜻이 생김. 도울 조(助)는 且(또 차)와 力(힘 력)이
결합한 것으로, 힘을 더한다는 뜻임.

보좌 : 보조(補助) 참조. 도울 좌(佐)의 왼쪽 좌(左)도 본래 (왼손으로) 돕다라는 뜻임.

보편 : 두루 보(普)는 넓을 보(普)로, 日(해 일)과 竝(아우를 병)이 결합한 글자임. 병립
(竝立) 참조. 遍은 辶(쉬엄쉬엄 갈 착)과 扁(넓적할 편)이 결합한 것으로, '두루'

라는 뜻을 가진 扁에 辶이 결합함으로써 전국으로 연결된 길을 따라 문물이 전달되듯이 어떠한 영향이나 작용 따위가 '두루 퍼지다'라는 뜻이 되었음.

☞ 교재 137쪽

복사 : 겹칠 복(複)은 부수를 달리하는 배 복(腹), 돌아볼 복(復) 등과 비교할 수 있음.

복지 : 귀신(鬼神) 참조.

봉분 : 봉할 봉(封)은 '(사람이 문이나 봉투, 그릇 따위를) 열지 못하도록 단단히 붙이거나 싸서 막다'라는 뜻과 '말을 하지 않다'라는 뜻과 '무덤 위에 흙을 쌓다'라는 뜻이 있음.

봉접 : 벌 봉(蜂)과 나비 접(蝶)은 모두 벌레 충(虫)을 부수로 함.

봉황 : 봉황은 상서로움을 상징하는 상상 속의 새임. 현재 우리나라 대통령 문장(紋章)임.

부속 : 붙을 부(附)는 '붙다, 붙이다, 보내다' 등의 뜻이 있음. 속할 속(屬)은 벌레가 모여있는 모습.

06장

한자성어

1 단원 설정의 취지

주로 교훈이나 유래를 담고 있는 한자성어(漢字成語)는 유래가 있는 역사적인 일에서 비롯된 경우가 많기 때문에 고사성어(故事成語)라고도 한다. 대부분 4글자로 되어 있어서 사자성어(四字成語)라고 부르기도 한다.

4개의 한자어로 압축되어 있기에 각각의 한자만으로는 함축된 성어의 의미나 유래를 정확히 알기 어렵다. 친절한 안내와 주의를 통해 이해를 유도해야 한다. 우리 일상생활에서 흔히 사용되기 때문에 그 내용과 의미, 뉘앙스 등을 제대로 알 필요가 있다.

2 학습 목표

· 한자성어를 구성하는 한자의 음과 훈(소리와 뜻)을 정확히 이해한다.
· 한자성어의 내용과 유래를 파악한다. 이를 위해 사전을 이용하는 방법을 배운다.
· 일상생활에서 사용할 수 있도록 한자성어의 의미를 정확히 이해한다.

3 지도 및 평가의 유의점

· 두 개 이상의 음과 훈(소리와 뜻)을 지닌 한자가 적지 않기 때문에 한자의 음과 훈(소리와 뜻)을 정확히 설명한다.
· 학생들의 복습을 위해 05장 한자어에서 이미 배운 단어들이 나올 경우, 학생들에게 해당 부분을 다시금 알려준다.
· 한자성어의 내용과 유래를 설명할 때 학생들에게 다양한 인터넷사전 이용 방법을 지도하고, 학생들이 쉽게 이해할 수 있도록 친근한 예를 든다.

■ 한자성어 쓰기 연습

① 학습 목표

- 한자성어를 구성하는 한자의 음과 훈(소리와 뜻)을 정확히 이해한다.
- 한자성어의 내용과 유래를 파악한다.

② 지도 시 유의점

- 복습을 위해 05장 한자어에서 이미 배운 단어들이 나올 경우 다시금 알려준다.
- 다양한 인터넷사전 이용 방법을 지도한다.

③ 본문의 이해와 성찰

■ 한자성어 해제

☞ 교재 182쪽

가담항설 : 뜬소문. 말씀 담(談)은 교재 126쪽 농담(弄談)에서와 중복.

가렴주구 : 목벨 주(誅)는 형벌이라는 뜻도 있음. 형벌을 가하면서까지 억지로 빼앗음 정도로 해석함.

간담상조 : 간담(肝膽)은 모두 육달월 월(月) 부수를 사용함. 육달월 월(月)은 신체와 관련된 한자에 주로 사용됨. 간과 담은 마음을 뜻함. 예) 간담이 서늘하다. 비칠 조(照)는 교재 128쪽 대조(對照)에서와 중복.

감탄고토 : 달 감(甘)과 쓸 고(苦), 삼킬 탄(呑)과 뱉을 고(吐)는 반의(反意) 관계.

☞ 교재 183쪽

갑남을녀 : 갑을(甲乙) 관계라는 말처럼, 갑을은 동양에서 말하는 십간(十干)의 첫 번째와 두 번째. 십간은 갑(甲), 을(乙), 병(丙), 정(丁), 무(戊), 기(己), 경(庚),

신(辛), 임(壬), 계(癸)를 뜻함.

거두절미 : 머리 두(頭)와 꼬리 미(尾)를 쉽게 설명하기 위해 글을 구성하는 방식, 두괄 식(頭括式)과 미괄식(尾括式)을 예로 들 수 있음.

거자일소 : 거자는 떠난 사람을 의미하지만 죽은 사람을 의미하기도 함. 성길 소(疎)는 멀어진 사이를 말함.

건곤일척 : 운명을 건 마지막 싸움.

☞ 교재 184쪽

견강부회 : 현대 일본(牽強附會)이나 중국(牽强附会)에서 사용하는 고사임. 고사성어를 배우면 일본어와 중국어를 배울 때 도움이 된다는 내용을 말할 수 있음.

견마지로 : 자신의 수고나 고생을 겸손하게 이르는 말.

견문발검 : 축자적으로는 모기를 보고 칼을 휘두른다 뜻임. 교재의 설명처럼 보잘 것 없는 작은 일에 지나치게 큰 대책을 쓴다는 것은 작은 일에 화를 내는 소 견이 좁은 사람이라는 뜻이기도 함.

견위수명 : 이를 치(致)는 도달하다, 주다(바치다)라는 뜻이 있음. 여기에서는 목숨을 바치다 정도로 해석함.

☞ 교재 185쪽

경국제민 : 경세제민(經世濟民)과 같은 말로, economy의 번역어임. 다스릴 경(經)은 교 재 117쪽 경제(經濟)에서와 중복.

고군분투 : 외로울 고(孤), 떨칠 분(奮)은 교재 118쪽 고독(孤獨), 교재 138쪽 분발(奮 發)에서와 중복.

고식지계 : 고대 중국에서는 여성이나 어린아이를 낮추어 보았음. 그러한 문화를 반영하고 있는 사자성어임. 예) 형용사 '어리다'는 나이가 어리다는 뜻도 있지만, 경험 따위가 모자라 수준이 낮다는 뜻도 있음. 여기에서 시어머니 고(姑)는 부녀(婦女)를 뜻함.

고장난명 : 한쪽 손뼉은 울지 못한다는 뜻으로, 혼자서는 일을 이루기 어렵다는 것을 뜻하지만, 맞서는 이가 없으면 싸움이 되지 않는 것을 비유적으로 이른 말이기도 함.

☞ 교재 186쪽

곡학아세 : 자신이 배운 학문을 왜곡해 세상 사람들에게 아첨(阿諂)한다고 해석할 수 있음.

골육상쟁 : 육이오(한국전쟁)을 예로 들어 설명할 수 있음. 다툴 쟁(爭)은 교재 139쪽 분쟁(紛爭)에서와 중복.

관중지천 : 속담 "우물 안 개구리"를 예로 설명할 수 있음.

교각살우 : 예전에 중국에서 종을 처음 만들 때 뿔이 곧게 나 있고 잘 생긴 소의 피를 종에 바르고 제사를 지내는 풍습이 있었는데, 한 농부가 제사에 사용할 소의 뿔을 균형 있게 바로잡으려고 하다가 뿔이 뿌리째 빠져서 소가 죽었다는 이야기에서 유래함. 조그마한 결점이나 흠을 고치려다 수단이 지나쳐 도리어 일을 그르침을 비유한 말임.

☞ 교재 187쪽

구밀복검 : 꿀 밀(蜜)은 교재 133쪽 밀월(蜜月)에서와 중복. 배 복(腹)은 겹칠 복(複), 회복할 복(復)과 함께 설명할 수 있음. 관련 글자는 교재 137쪽 복사(複寫)에서와 중복. 고대 중국에서 복(腹)은 사람의 마음을 상징하는 뜻으로 사용함. 예) 복심(腹心).

구절양장 : 꺾을 절(折)의 경우, 교재 134쪽 배척(排斥)에서 배운 척(斥)과 같은 부수 글자인 도끼 근(斤)임. 근(斤)이 사용된 글자는 꺾다, 부러지다 뜻이 있음.

군계일학 : 유사한 뜻을 지닌 교재 135쪽 백미(白眉)와 비교할 수 있음.

권모술수 : 권세 권(權)은 저울추라는 뜻도 있음. 다시 말해 권은 상황이나 형편에 맞게 일을 한다는 뜻을 지님. 재주 술(術)은 교재 125쪽 기술(技術)에서와 중복.

☞ 교재 188쪽

권불십년 : 유사한 뜻을 지닌 화무십일홍(花無十日紅)과 비교할 수 있음.

권토중래 : 한번 실패했지만 굴하지 않고 다시 도전하다는 뜻이 있음.

금의환향 : 금의(錦衣) 즉 비단옷을 만드는 비단은 가볍고 빛깔이 우아하고 촉감이 부드러운 고급 재료임. 과거에 비단옷은 쉽게 입을 수 있는 옷이 아니었음. 결국 금의는 성공이나 부유함을 상징하게 되었음.

금지옥엽 : 금옥처럼 귀한 자손을 의미함.

☞ 교재 189쪽

기호지세 : 달리는 호랑이에서 뛰어내리는 일도, 무서운 호랑이를 타는 것도 위험한 일이기에 기호지세를 사용하는 상황은 위험한 상황이라고 할 수 있음.

낭중지추 : 뛰어난 인재를 가리킬 때 사용하는 성어임.

노심초사 : 수고로울 노(勞)는 교재 126쪽 노고(勞苦)에서와 중복. 마음 심(心)은 교재 118쪽 심려(心慮)에서와 중복.

농장지경 : 희롱할 롱(弄)은 교재 126쪽 농담(弄談)에서와 중복. 경사 경(慶)의 경우,

경주(慶州)나 문경(聞慶) 등의 지명과 연계해 설명할 수 있음. 농장지경의 반의어는 농와지경(弄瓦之慶)으로, 딸을 낳은 경사를 가리킴.

☞ 교재 190쪽

누란지세 : 동의어 누란지위(累卵之危). 위(危)는 위태로울 위.

단사표음 : 대나무로 만든 그릇과 박으로 만든 바가지, 거기에 담긴 한 공기의 밥과 한 잔의 물은 소박하고 가난한 생활을 의미함. 공자가 자신의 애제자 안회가 단사표음으로 상징되는 가난한 생활 속에서도 자신이 추구하는 진리를 지키는 모습을 보고 칭찬한 데에서 유래했음.

대서특필 : 예) 그 사건은 신문(언론)에 대서특필되었다.

동량지재 : 동량(棟梁)이라는 말만으로도 인재(人材)를 가리킴.

☞ 교재 191쪽

동병상련 : 여기에서 처지(處地)는 상황이나 형편을 뜻함.

동상이몽 : 예 부부 생활을 소재로 한 TV 예능 프로그램 동상이몽 2-너는 내 운명. 다를 이(異)는 교재 125쪽 기이(奇異)에서와 중복.

망양보뢰 : 속담 "소 잃고 외양간 고친다"와 같은 뜻임.

명경지수 : 교재 132쪽에서 명경(明鏡)과 중복.

☞ 교재 192쪽

명실상부 : 열매 실(實)은 실제, 내용으로 설명할 수 있음. 부적 부(符)는 교재 138쪽에서 부적(附籍)에서와 중복.

명재경각 : 경각(頃刻)은 교재 71쪽과 중복.

목불식정 : 속담 "낫 놓고 기역자도 모른다"와 같은 뜻임. 알 식은 교재 133쪽 박식(博識)에서와 중복. 고무래 정(丁)은 곡식을 그러모으고 펴거나, 밭의 흙을 고르거나 아궁이의 재를 긁어모으는 데에 쓰는 '丁' 자 모양의 농기구.

묘항현령 : 속담 "고양이 목에 방울 달기"와 같은 뜻임.

☞ 교재 193쪽

무위도식 : 헛되이 도(徒)는 무리 도(徒)이기도 함. 예) 성경(聖經)의 사도행전(使徒行傳)

문전성시 : 저자 시(市)는 시장. 요즘 유명한 맛집에 사람이 붐비는 것을 예로 들 수 있음.

박이부정 : 넓은 박(博)은 교재 133쪽 박식(博識)에서와 중복. 아닐 불(不)은 이어지는 말이 'ㄷ, ㅈ'으로 시작할 경우, 부로 읽음. 정할 정(精)은 정성스럽다. 정밀하다의 뜻이 있음.

발본색원 : 뽑을 발(拔)은 교재 134쪽 발탁(拔擢)에서와 중복. 막을 색(塞)은 변방 새(塞)이기도 함. 예) 새옹지마(塞翁之馬)

☞ 교재 194쪽

방약무인 : 유의어 안하무인(眼下無人).

배수지진 : 줄여서 배수진(背水陣)이라고 함.

백년하청 : 강 하(河)는 중국 황하(黃河)를 가리킴. 황토를 대량으로 운반하여 물이 누렇게 흐리기 때문에 황하라는 이름을 갖게 됨.

백년해로 : 늙을 로(老)는 교재 117쪽 경로(敬老)에서와 중복. 부부간의 정을 말할 때 사용하는 사자성어임.

☞ 교재 195쪽

부창부수 : 남편의 주장에 아내가 따른다는 것으로, 과거 가부장적인 문화를 반영하고 있음.

불구대천 : 부모를 죽인 원수로, 함께 세상을 살 수 없는 존재를 뜻함.

불철주야 : 거둘 철(撤)은 '멈추다, 끝내다'의 뜻이 있음.

비몽사몽 : 비몽사몽의 한자를 이용해 사이비(似而非)의 한자를 설명할 수 있음.

☞ 교재 196쪽

빙탄지간 : 유의어 견원지간(犬猿之間).

사고무친 : 넉 사(四)는 사방 즉 동서남북을, 친할 친(親)은 부모, 형제, 친척을 의미함.

사상누각 : 유의어 모래성.

사필귀정 : 뉴스 검색을 통해 용례를 확인할 수 있음.

☞ 교재 197쪽

산전수전 : 교재 128쪽 도전(挑戰)에서와 중복.

살신성인 : 몸 신(身)은 자기(自己) 자신(自身)으로, 이기심(利己心)을 의미함. 자기만 생각하는 마음을 버리고 남을 생각하는 데까지 나아감.

삼사이행 : 신중(愼重)한 행동을 의미함.

삼순구식 : 열흘 순(旬)의 용례 상순(上旬), 중순(中旬), 하순(下旬).

☞ 교재 198쪽

상가지구 : 자신의 뜻을 펼치지 못한 채 천하를 유랑하던 중 길을 잃고 제자를 기다리
　　　　　는 공자의 모습을 비유한 말. 속담 "상갓집 개만도 못하다"와 같은 뜻임.

상전벽해 : 푸를 벽(碧)은 교재 135쪽 벽안(碧眼)에서와 중복.

수불석권 : 풀 석(釋)은 '놓다'의 뜻이 있음.

수수방관 : 곁 방(傍)은 교재 194쪽 방약무인(傍若無人)에서와 중복. 볼 관(觀)은 교재
　　　　　120쪽 관광(觀光)에서와 중복.

☞ 교재 199쪽

식자우환 : 알 식(識)은 교재 133쪽 박식(博識)에서와 중복.

신상필벌 : 상줄 상(賞)과 벌할 벌(罰)의 의미를 설명.

신언서판 : 판단할 판(判)은 교재 139쪽 비판(批判)에서와 중복.

신출귀몰 : 사라질 몰(沒)은 교재 131쪽 매몰(埋沒)에서와 중복.

☞ 교재 200쪽

심사숙고 : 유의어 삼사이행(三思而行).

십시일반 : 한술은 숟가락으로 한 번 뜬 음식이라는 뜻으로, 적은 음식을 이르는 말.

약방감초 : 한약에 감초를 넣는 경우가 많아 한약방에 감초가 반드시 있다는 데서 유
　　　　　래한 말로, 어떤 일에나 빠짐없이 끼어드는 사람 또는 꼭 있어야 할 물건
　　　　　을 비유적으로 이르는 말.

양두구육 : 뉴스 검색을 통해 용례를 확인할 수 있음.

☞ 교재 201쪽

언어도단 : 말할 길이 끊어졌음. 어이가 없어서 말하려 해도 말할 수 없음을 이르는 말.

오매불망 : 잠 깰 오(寤), 잠잘 매(寐).

오비이락 : 속담 "까마귀 날자 배 떨어진다"와 같은 뜻임.

오합지졸 : 까마귀의 생태(실제로 까마귀는 대규모 무리를 짓지 않고, 소규모 무리로 몰려다님. 무리 내에 우두머리가 없어서 이동할 때 질서 없이 흩어져 이동함.)와 관련 있음.

☞ 교재 202쪽

용두사미 : 머리 두(頭)와 꼬리 미(尾)는 교재 183쪽 거두절미(去頭截尾)에서와 중복.

유방백세 : 백세, 백대는 100년이 아니라 아주 오랜 시간을 의미함.

이심전심 : 석가모니와 제자 가섭의 대화에서 유래했음. 석가가 제자들 앞에서 손가락으로 연꽃 한 송이를 집어 들고 말없이 약간 비틀어 보였는데 제자들은 석가가 왜 그러는지 그 뜻을 알지 못했음. 그러나 가섭은 연꽃은 진흙 속에서 살지만 꽃이나 잎에는 진흙이 묻지 않듯이 불자 역시 세속의 추함에 물들지 말고 오직 선을 행하라는 석가의 뜻을 이해하고 혼자 빙그레 웃었음. 석가는 자신의 가르침을 깨달은 가섭에게 자신의 법통을 전했음.

인산인해 : 사람이 산처럼, 바다처럼 많다는 의미임.

☞ 교재 203쪽

임갈굴정 : 속담 "목마른 놈이 우물 판다"는 제일 급하고 일이 필요한 사람이 그 일을
서둘러 하게 되어 있다는 뜻이 있음.

임기응변 : 기틀 기(機)는 베틀, 기계라는 뜻이 있음. 기회(機會)에서도 이 글자를 사용
함.

자가당착 : 자가(自家)는 자기 집이라는 뜻도 있지만 자기(自己) 자신(自己)이라는 뜻
이 있음. 교재 132쪽 모순(矛盾)과 유사.

적반하장 : 장대 장(杖)은 지팡이, 몽둥이라는 뜻이 있음.

☞ 교재 204쪽

절차탁마 : 옥돌을 자르고, (줄로) 쓸고, (끌로) 쪼고, 갈아서 빛을 내는 과정.

조령모개 : 일관성이 없어 믿을 수가 없음.

주객전도 : 뒤집힐 전(顚) 예) 전복(顚覆)

창해일속 : 지극히 작은 존재, 인간 존재의 허무함. 조 속(粟), 밤 율(栗)의 차이.

☞ 교재 205쪽

천양지판 : 유의어 천양지차(天壤之差).

천재일우 : 실을 재(載)는 해, 년 재(載)이기도 함.

촌철살인 : 남을 감동하게 하거나 남의 약점(급소)을 찌를 수 있음을 강조.

침소봉대 : 과장(誇張)의 뜻을 지님.

☞ 교재 206쪽

파죽지세 : 대나무의 마디마디를 연속으로 부수는 상황.

풍수지탄 : 효도에 관한 사자성어임을 강조.

한우충동 : 장서 즉 책이 많음을 강조하는 사자성어.

현두자고 : 졸지 않도록 머리 즉 상투를 끈으로 기둥에 묶음.

☞ 교재 207쪽

현하지변 : 현하(懸河)는 폭포를 의미함.

호사유피 : 호사유피 인사유명(人死留名). 인사유명은 사람은 죽어서 이름을 남김.

호연지기 : 맹자가 강조한 것으로, 도덕적 용기를 의미함.

혹세무민 : 사이비(似而非) 종교 등과 연관해 설명할 수 있음.

☞ 교재 208쪽

혼정신성 : 저녁에 잠자리를 살피고, 아침에는 안부를 물음. 효도에 관한 사자성어임을 강조.

화중지병 : 그림의 떡. 실속이 없음.

회자정리 : 불교 경전인 법화경(法華經)에 '만난 사람은 헤어짐이 정해져 있고, 가버린 사람은 반드시 돌아온다[會者定離, 去者必返]라는 구절이 있음.

각주구검 : 융통성 없는 어리석은 사람에 관한 고사.

☞ 교재 209쪽

결초보은 : 비록 죽었지만 은혜를 갚은 신비로운 고사.

경국지색 : 임금의 마음을 빼앗은 미인.

계명구도 : 하찮은 재주를 지닌 두 식객이 큰 공을 세운 고사.

계포일락 : 약속을 지킴으로써 적국인 한나라에서도 벼슬을 한 계포의 고사.

☞ 교재 210쪽

관포지교 : 우정에 관한 대표적인 고사. 관중과 포숙아의 우정에 관한 고사.

괄목상대 : 삼국지 여몽에 관한 고사.

교주고슬 : 유의어 교슬(膠瑟).

구상유취 : 상대의 경험이나 실력이 미천하다고 평가함.

☞ 교재 211쪽

군맹평상 : 속담 "장님 코끼리 만지는 격"과 같은 뜻임.

금의야행 : 큰 성공을 거두고 고향에 돌아가지 않는, 남에게 자랑하고 싶은 마음.

남가일몽 : 꿈속에서 개미집을 여행한 이야기.

노마지지 : 여러 해 동안 쌓은 경험 즉 연륜(年輪)의 가치.

☞ 교재 212쪽

다기망양 : 해야 할 일을 하지 못하고 헤매는 상황을 비유하는 말.

단기지계 : 공부를 그만두고 돌아온 맹자를 꾸짖었던 맹자 어머니에 관한 고사.

대의멸친 : 친할 친(親)은 부모, 형제, 친척을 의미함. 유의어 선공후사(先公後私).

마부위침 : 유의어 마부작침(磨斧作針). 크고 무거운 도끼를 가늘고 가벼운 바늘로 만 드는 일.

☞ 교재 213쪽

맥수지탄 : 나라가 멸망하자 망국의 도읍지에는 사람 대신 보리만 있는 상황. 폐허(廢 墟).

묵적지수 : "전통이나 관습을 굳게 지킴"을 삭제할 것.

미생지신 : 각주구검의 고사와 마찬가지로 융통성 없는 어리석은 사람에 관한 고사.

방휼지쟁 : 유의어 어부지리(漁父之利).

☞ 교재 214쪽

백아절현 : 백아와 종자기의 우정에 관한 고사.

비육지탄 : 삼국지 유비에 관한 고사.

사면초가 : 패왕별희(覇王別姬)의 주인공 항우에 관한 고사.

삼고초려 : 삼국지 유비와 제갈량의 고사.

☞ 교재 215쪽

삼인성호 : 요즘 사회 문제가 되는 가짜뉴스를 예로 들 수 있음.

새옹지마 : 유의어 전화위복(轉禍爲福).

송양지인 : 제 분수도 모르면서 남을 동정하는 어리석은 사람을 가리킴.

수주대토 : 융통성 없는 어리석은 사람에 관한 고사.

☞ 교재 216쪽

순망치한 : 서로 도우며 떨어질 수 없는 밀접한 관계.

앙급지어 : 까닭 없이 화를 당한 일을 의미함.

양상군자 : 기둥 위에 숨은 도둑을 가리킴.

엄이도령 : 방울 소리가 제 귀에 들리지 않으면 남의 귀에도 들리지 않으리라는 어리
석은 생각을 이름.

☞ 교재 217쪽

오월동주 : 중국 오나라와 월나라는 원수 사이. 오나라 왕 합려와 그의 아들 부차는 월
나라 왕 구천과 원수 사이였음. 오왕 합려·부차 부자와 월왕 구천에 관한
대표적인 고사가 와신상담(臥薪嘗膽)임.

연목구어 : 허술한 계책으로 큰일을 도모하는 것을 말함.

오십소백 : 오십보백보(五十步百步)의 준말.

온고지신 : 공자가 강조한 것으로, 학문의 방법을 이야기한 것임.

☞ 교재 218쪽

와신상담 : 오왕 합려·부차 부자와 월왕 구천에 관한 대표적인 고사임. 복수와 설욕을
목적으로 함.

우공이산 : 유의어 마부위침(磨斧爲針).

읍참마속 : 삼국지 제갈량과 마속에 관한 고사.

조강지처 : 몹시 가난하여 먹을 것이 없을 때 술지게미와 쌀겨를 함께 먹으며 고생한
아내를 말함.

☞ 교재 219쪽

주지육림 : 지나친 유흥과 향락을 상징함.

지록위마 : 진시황 사후 국정을 농단한 환관 조고에 관한 고사.

천의무봉 : 일부러 꾸민 데 없이 자연스럽고 완전한 것을 이름.

토사구팽 : 토끼 토(兎)는 교재 215쪽 수주대토(守株待兎)에서와 중복. 요긴하게 쓴 다
음 아까울 것이 없이 버릴 때 쓰는 관용구 "헌신짝 버리듯"과 같은 뜻.

☞ 교재 220쪽

태산북두 : 중국 제일의 명산으로 사람들이 가보고 싶었던 태산과 옛날 사람들이 방향
을 알기 위해 우러러보았던 하늘의 북두칠성을 이름.

토포악발 : 자신을 찾아온 손님을 맞이하기 위해 식사와 세수를 멈추었던 고사.

한단지몽 : 한단은 중국 조나라의 수도로 번화한 곳이었음. 교재 211쪽 남가일몽(南柯
一夢)의 유의어.

한단지보 : 한단은 중국 조나라의 수도로 번화한 곳이었음.

☞ 교재 221쪽

호가호위 : 여우가 호랑이의 위세를 빌려 호기를 부린다는 데에서 유래함. 여러 동물
들이 여우를 따라가는 호랑이를 보고 달아났는데, 호랑이는 자신이 아니라

여우를 보고 동물들이 달아난 것으로 생각함.

화룡점정 : 용을 그리고 난 후에 마지막으로 눈동자를 그려 넣었더니 그 용이 실제 용이 되어 홀연히 구름을 타고 하늘로 날아 올라갔다는 고사에서 유래함.

화사첨족 : 쓸데없는 일. 유의어 사족(蛇足).

07장

한자능력 검정시험 및 공무원 고시에 대비한 한자어 습득

🔢 단원 설정의 취지

한자를 학습하는 중요한 이유는 무엇보다 우리말을 보다 잘 이해하기 위해서이다. 나아가 실용적인 목적을 간과할 수 없다. 한자에 대한 이해는 우리가 현실을 살아가는 데에 다양한 측면에서 도움을 준다.

대표적인 예로 한자능력 검정시험이나 공무원 고시 등이 있다. 기본적인 한자의 이해는 취업이나 사회생활에 큰 도움을 주는 것이다. 본 장에서는 관련 시험의 유형과 일부 예제를 통해 실무적인 효용성을 제고하고자 한다.

2️⃣ 학습 목표

· 한자능력 검정시험의 종류와 형식을 이해한다.
· 공무원시험의 종류와 형식을 이해한다.
· 대표적 예제를 통해 패턴을 익히고, 기본 한자를 습득한다.

3️⃣ 지도 및 평가의 유의점

· 한자능력 검정시험과 공무원 고시 등이 지닌 기본적인 성격을 익힐 수 있도록 지도한다.
· 혼동되기 쉬운 한자의 분포를 설명하고, 체계적으로 정리할 수 있도록 안내한다.
· 무조건 외우는 것을 지양하고, 문맥에 따라 의미를 파악할 수 있도록 유도한다.

1. 한자능력 검정시험의 이해 ☞ 교재 223쪽

① 학습 목표

　・한자능력 검정시험의 종류와 형식을 이해한다.
　・자신의 진로와 한자능력 검정시험 간의 상관성을 생각해 보는 시간을 갖는다.

② 지도 시 유의점

　・한자능력 검정시험을 이해하고 자신의 전략적 목표를 수립하여 학습하도록 유도
　　한다.

③ 본문의 이해와 성찰

* 본문에 제시된 기본 정보를 파악한다. ☞ 교재 223～225쪽

* 주요 용어 해제
　부수(部首. 한자 자전에서 글자를 찾는 길잡이 역할을 하는 공통되는 글자의 한 부분)
　部 : 떼 부, 거느릴 부. 부수 阝(邑, 우부 방, 3획). 총획 11획.
　首 : 머리 수. 부수 首(머리 수, 9획). 총획 9획.

　유의어(類義語. 뜻이 서로 비슷한 말)
　類 : 무리 류(유), 치우칠 뢰(뇌). 부수 頁(머리 혈, 9획). 총획 19획.
　義 : 옳을 의. 부수 羊(羊, 양 양, 6획). 총획 13획.
　語 : 말씀 어. 부수 言(말씀 언, 7획). 총획 14획.

　상대어(相對語. 그 뜻이 서로 정반대되는 관계에 있는 말)
　相 : 서로 상, 빌 양. 부수 目(눈 목, 5획). 총획 9획.
　對 : 대할 대. 부수 寸(마디 촌, 3획). 총획 14획.
　語 : 말씀 어. 부수 言(말씀 언, 7획). 총획 14획.

2. 한자어의 이해 ☞ 교재 225쪽

① 학습 목표

· 한자능력 검정시험의 주요 경향을 파악한다.
· 자신의 진로와 한자능력 검정시험 간의 상관성을 생각해보는 시간을 갖는다.

② 지도 시 유의점

· 각 한자의 음, 훈, 부수 등에 유념하며 해당 한자를 익힌다.
· 동자이음어, 동음이의어, 모양에 주의할 한자, 독음에 주의할 한자, 의미에 주의할 한자 등의 교재 구성을 사전에 파악한다.
· 예제의 순서는 본문 내용과 무관한 최근 경향의 예시일 수 있음을 전제하고, 각 문제를 통해 실전 감각을 익힌다.

③ 본문의 이해와 성찰

■ 예제 해제

1) 동자이음어(同字異音語 : 한 문자에 뜻과 발음이 둘 이상인 한자)
☞ 교재 227쪽

▶ 예제1 독음이 모두 바른 것은?(2017, 국가직 9급) ☞ 교재 232쪽

　① 探險(탐험)-矛盾(모순)-貨幣(화폐)
　② 詐欺(사기)-惹起(야기)-灼熱(치열)
　③ 荊棘(형자)-破綻(파탄)-洞察(통찰)
　④ 箴言(잠언)-惡寒(악한)-奢侈(사치)

풀이 정답 ① 해제

探 : 찾을 탐. 부수 扌(재방 변, 3획), 총획 11획.
險 : 험할 험, 검소할 검, 낭떠러지 암. 부수 阝(좌부 변, 3획), 총획 16획.

矛 : 창 모. 부수 矛(창 모, 5획), 총획 5획.
盾 : 방패 순, 사람 이름 돈, 벼슬 이름 윤. 부수 目(눈 목, 5획), 총획 9획.

貨 : 재물 화. 부수 貝(貝, 조개 패, 7획), 총획 11획.
幣 : 화폐 폐. 부수 巾(수건 건, 3획), 총획 14획.

2) 동음이의어 ☞ 교재 233쪽

예제 2 ㉠~㉢의 밑줄 친 어휘의 한자가 옳지 않은 것은?(2016, 국가직 9급)

☞ 교재 235쪽

> • 그는 적의 ㉠사주를 받아 내부 기밀을 염탐했다.
> • 남의 일에 지나친 ㉡간섭을 하지 않기 바랍니다.
> • 그 선박은 ㉢결함을 지닌 채로 출항을 강행하였다.
> • 비리 ㉣척결이 그가 내세운 가장 중요한 목표였다.

① ㉠-使嗾   ② ㉡-間涉
③ ㉢-缺陷   ④ ㉣-剔抉

풀이 정답 ② 해제

間 : 사이 간. 부수 門(문 문, 8획), 총획 12획.
涉 : 건널 섭, 피 흐르는 모양 첩. 부수 氵(水, 삼수 변, 3획), 총획 10획.

干 : 방패 간/줄기 간, 마를 건, 들개 안, 일꾼 한. 부수 干, 총획 3획.
涉 : 건널 섭, 피 흐르는 모양 첩. 부수 氵(水, 삼수 변, 3획), 총획 10획.

※ 간섭(干涉) : 직접 관계가 없는 남의 일에 부당하게 참견함.

예제 3 ㉠~㉣의 한자가 모두 바르게 표기된 것은?(2017, 국가직 9급) ☞ 교재 237쪽

─────── 〈보 기〉 ───────
글의 진술 방식에는 ㉠설명, ㉡묘사, ㉢서사, ㉣논증 등 네 가지 방식이 있다.

	㉠	㉡	㉢	㉣
①	說明	描寫	敍事	論證
②	設明	描寫	敍事	論症
③	說明	猫鯊	徐事	論症
④	說明	猫鯊	徐事	論證

풀이 정답 ① 해제

說 : 말씀 설, 달랠 세, 기뻐할 열, 벗을 탈. 부수 言(말씀 언, 7획), 총획 14획.
明 : 밝을 명, 땅 이름 맹. 부수 日(날 일, 4획), 총획 8획.

描 : 그릴 묘. 부수 扌(手, 재방 변, 3획), 총획 11획.
寫 : 베낄 사. 부수 宀(갓 머리, 3획), 총획 15획.

敍 : 펼 서, 차례 서. 부수 攵(攴, 칠 복, 4획), 총획 11획.
事 : 일 사. 부수 亅(갈고리 궐, 1획), 총획 8획.

論 : 논할 론(논), 조리 륜(윤). 부수 言(말씀 언, 7획), 총획 15획.
證 : 증거 증. 부수 言(말씀 언, 7획), 총획 19획.

예제 4 밑줄 친 부분에 들어갈 한자어로 가장 적절한 것은? (2018. 국가직 9급)
☞ 교재 239쪽

> _____(이)란 이익과 관련된 갈등을 인식한 둘 이상의 주체들이 이를 해결할 의사를 가지고 모여서 합의에 이르기 위해 대안을 조정하고 구성하는 공동 의사 결정 과정을 말한다.

① 協贊   ② 協奏
③ 協助   ④ 協商

풀이 정답 ④ 해제

協 : 화합할 협. 부수 十(열 십, 2획), 총획 8획.
商 : 장사 상. 부수 口(입 구, 3획), 총획 11획.

▷ 예제5 밑줄 친 한자어의 쓰임이 문맥상 적절한 것은? (2018. 국가직 9급)

① 초고를 <u>校訂</u>하여 책을 완성하였다.

② 내용이 올바른지 서로 <u>交差</u> 검토하시오.

③ 전자 문서에 <u>決濟</u>를 받아 합격자를 확정하겠습니다.

④ 지금 제안한 계획은 수용할 수 없으니 <u>提高</u> 바랍니다.

풀이 정답 ① 해제

校 : 학교 교. 부수 木(나무 목, 4획), 총획 10획.

訂 : 바로잡을 정. 부수 言(말씀 언, 7획), 총획 9획.

▷ 예제6 화자의 상황을 적절하게 표현한 한자성어는?(2019. 국가직 9급) ☞ 교재 242쪽

> 미인이 잠에서 깨어 새 단장을 하는데
> 향기로운 비단, 보재 띠에 원앙이 수놓였네
> 겹발을 비스듬히 걷으니 비취새가 보이는데
> 게으르게 은 아쟁을 안고 봉황곡을 연주하네
> 금 재갈, 꾸민 안장은 어디로 떠났는가?
> 다정한 애무새는 창가에서 지저귀네
> 풀섶에 놀던 나비는 뜰 밖으로 사라지고
> 꽃잎에 가리운 거미줄은 난간 너머에서 춤추네
> 뉘 집의 연못가에서 풍악 소리 울리는가?
> 달빛은 금 술잔에 담긴 좋은 술을 비추네
> 시름겨운 이는 외로운 밤에 잠 못 이루는데
> 새벽에 일어나니 비단 수건에 눈물이 흥건하네
>
> – 허난설헌, 「사시사(四時詞)」에서 –

① 琴瑟之樂　　　　　② 輾轉不寐

③ 錦衣夜行　　　　　④ 麥秀之嘆

풀이 정답 ② 해제

輾 : 돌아누울 전, 삐걱거릴 년(연). 부수 車(车, 수레 거, 7획), 총획 17획.

轉 : 구를 전. 부수 車(车, 수레 거, 7획), 총획 18획.

不 : 아닐 부, 아닐 불. 부수 一(한 일, 1획), 총획 4획.

寐 : 잘 매. 부수 宀(갓 머리, 3획), 총획 12획.

예제7 ㉠~㉢의 한자가 모두 바르게 표기된 것은?(2019, 국가직 7급) ☞ 교재 245쪽

> 기호를 기표와 기의의 결합으로 보는 것은 언어학의 ㉠공리이다. 그리고 그 결합이 ㉡자의적이라는 점 또한 널리 알려진 ㉢상식이다. 그러나 음성 상징 어로 총칭되는 의성어와 의태어는 여기에서 예외로 간주되곤 한다. 즉 의성 어와 의태어는 기표와 기의 사이의 ㉣연관성을 보여주는 사례이다.

① ㉠ 共理   ② ㉡ 自意的

③ ㉢ 常識   ④ ㉣ 緣關性

풀이 정답 ③ 해제

常 : 떳떳할 상, 항상 상. 부수 巾(수건 건, 3획), 총획 11획.

識 : 알 식, 적을 지, 깃발 치. 부수 言(말씀 언, 7획), 총획 19획.

예제8 ㉠~㉣의 한자가 모두 바르게 표기된 것은?(2021, 해양경찰직) ☞ 교재 246쪽

─── 〈보 기〉 ───
- 부모의 어려움을 외면하지 말고 (㉠)의 도리를 다해야 한다.
- '고래 싸움에 새우 등 터진다.'라는 속담은 (㉡)와 일맥상통하는 말이다.
- 아무리 (㉢)한 인물이라도 좋은 동료를 만나지 못하면 성공하기 힘들다.

	㉠	㉡	㉢
①	反捕之孝	間於齊楚	開世之才
②	反哺之孝	看於齊楚	開世之才
③	反哺之孝	間於齊楚	蓋世之才
④	反捕之孝	看於齊楚	蓋世之才

풀이 정답 ③ 해제

反 : 돌이킬 반, 돌아올 반, 어려울 번, 삼갈 판. 부수 又(또 우, 2획), 총획 4획.

哺 : 먹일 포. 부수 口(입 구, 3획), 총획 10획.

之 : 갈 지. 부수 丿(삐침 별, 1획), 총획 4획.

孝 : 효도 효. 부수 子(아들 자, 3획), 총획 7획.

間 : 사이 간. 부수 門(문 문, 8획), 총획 12획.

於 : 어조사 어, 탄식할 오. 부수 方(모 방, 4획), 총획 8획.

齊 : 가지런할 제, 재계할 재, 옷자락 자, 자를 전. 부수 齊(斉, 斉, 가지런할 제, 14획), 총획 14획.

楚 : 초나라 초, 회초리 초. 부수 木(나무 목, 4획), 총획 13획.

蓋 : 덮을 개, 어찌 합. 부수 ++(艸,⺊,艹, 초두 머리, 3획), 총획 13획.

世 : 인간 세, 대 세. 부수 一(한 일, 1획), 총획 5획.

之 : 갈 지. 부수 ノ(삐침 별, 1획), 총획 4획.

才 : 재주 재. 부수 扌(手, 재방 변, 3획), 총획 3획.

예제 9 〈보기〉에 드러나는 주제 의식과 관련된 사자성어로 적절한 것은?(2019, 소방직)

☞ 교재 250쪽

――――――――――――〈보 기〉――――――――――――

십년(十年)을 경영ᄒᆞ여 초려삼간(草廬三間) 지여 내니

나 ᄒᆞᆫ 간 ᄃᆞᆯ ᄒᆞᆫ 간에 청풍(淸風) ᄒᆞᆫ 간 맛져두고

강산(江山)은 들일 ᄃᆡ 업스니 둘러 두고 보리라

― 송순의 시조

① 敎學相長　　　　　　　② 安貧樂道

③ 走馬看山　　　　　　　④ 狐假虎威

풀이 정답 ② 해제

安 : 편안 안. 부수 宀(갓 머리, 3획), 총획 6획.

貧 : 가난할 빈. 부수 貝(貝, 조개 패, 7획), 총획 11획.

樂 : 노래 악, 즐길 락(낙), 좋아할 요. 부수 木(나무 목, 4획), 총획 15획.

道 : 길 도. 부수 辶(辵, 辶, 辶. 책 받침, 4획), 총획 13획.

예제10 다음 작품과 가장 관련 있는 한자성어는?(2020, 소방직) ☞ 교재 254쪽

> 이고 진 저 늙은이 짐 풀어 나를 주오
> 나는 젊었거늘 돌인들 무거울까
> 늙기도 설워라거늘 짐을조차 지실까
>
> — 정철, 「훈민가」

① 朋友有信　　　　② 長幼有序

③ 君臣有義　　　　④ 夫婦有別

풀이 정답 ② 해제

長 : 길 장, 어른 장. 부수 長(镸, 길 장, 8획), 총획 8획.

幼 : 어릴 유, 그윽할 요. 부수 幺(작을 요, 3획), 총획 5획.

有 : 있을 유. 부수 月(달 월, 4획), 총획 6획.

序 : 차례 서. 부수 广(집 엄, 3획), 총획 7획.

예제11 ㉠, ㉡에 들어갈 한자를 순서대로 바르게 나열한 것은(2018년 지방직 9급)

☞ 교재 254쪽

> • 근무 여건이 개선(㉠) 되자 업무 효율이 크게 올랐다.
> • 금융 당국은 새로운 통화(㉡) 정책을 제안하였다.

　　　　　㉠　　　　㉡
①　改善　　　通貨
②　改選　　　通話
③　改善　　　通話
④　改選　　　通貨

풀이 정답 ① 해제

改 : 고칠 개. 부수 攵(攴, 등 글월문, 4획), 총획 7획.

善 : 착할 선. 부수 口(입 구, 3획), 총획 12획.

通 : 통할 통. 부수 辶(辵, 辶, 辶, 책 받침, 4획), 총획 11획.

貨 : 재물 화. 부수 貝(贝, 조개 패, 7획), 총획 11획.

예제 12 ㉠과 상반되는 뜻을 가진 한자 성어는?(2021년 소방공무원) ☞ 교재 259쪽

미스터 방은 선뜻 쾌한 대답이었다.

"진정인가?"

"머, 지끔 당장이래두, 내 입 한 번만 떨어진다 치면, 기관총 들멘 엠피가 백 명이구 천 명이구 들끓어 내려가서, 들이 쑥밭을 만들어 놉니다, 쑥밭을."

"고마우이!"

백주사는 복수하여지는 광경을 서언히 연상하면서, 미스터 방의 손목을 덥쑥 잡는다.

"㉠백골난망이겠네."

"놈들을 깡그리 죽여 놀 테니, 보슈."

"자네라면야 어련하겠나."

"흰말이 아니라 참 이승만 박사두 내 말 한마디면 고만 다 제바리유."

① 四面楚歌   ② 刻骨難忘

③ 九死一生   ④ 背恩忘德

풀이 정답 ④ 해제

背 : 등 배, 배반할 배, 위반할 패. 부수 月(肉, 육달월 월, 4획), 총획 9획.

恩 : 은혜 은. 부수 心(忄, 忄, 마음 심, 4획), 총획 10획.

忘 : 잊을 망. 부수 心(忄, 忄, 마음 심, 4획), 총획 7획.

德 : 클 덕, 덕 덕. 부수 彳(두인 변, 3획), 총획 15획.

예제 13 밑줄 친 말의 의미와 거리가 먼 것은?(2020년 국가직) ☞ 교재 263쪽

• 넌 얼마나 <u>오지랖이 넓기</u>에 남의 일에 그렇게 미주알고주알 캐는 거냐?

• 강쇠네는 입이 재고 무슨 일에나 <u>오지랖이 넓었지만</u> 무작정 덤벙거리고만 다니는 새줄랑이는 아니었다.

① 謁見   ② 干涉

③ 參見   ④ 干與

풀이 정답 ① 해제

謁 : 뵐 알. 부수 言(訁, 말씀 언, 7획), 총획 16획

見 : 볼 견, 뵈올 현, 관의 천. 부수 見(见, 볼 견, 7획), 총획 7획

예제 14 밑줄 친 부분과 의미가 통하는 한자어를 연결한 것으로 옳지 않은 것은?(2021년 우정직) ☞ 교재 263쪽

> ㄱ. 코로나 19로 인해 <u>일을 쉬는</u> 날이 많아졌다.
> ㄴ. 이 연극에서 <u>가장 뛰어난</u> 부분은 마지막 장면이었다.
> ㄷ. 그는 <u>마음속에 간직하고 아직 드러내지 않은</u> 생각이 따로 있었다.
> ㄹ. 다국적 기업들이 시장 점유율을 높이기 위해 <u>치열하게 다투고</u> 있다.

① ㄱ: 休務   ② ㄴ: 壓卷

③ ㄷ: 覆案   ④ ㄹ: 角逐

풀이 정답 ③ 해제

覆 : 다시 복, 덮을 부. 부수 覀(襾, 西, 덮을 아, 6획), 총획 18획.
案 : 책상 안. 부수 木(나무 목, 4획), 총획 10획.

腹 : 배 복. 부수 月(肉, 육 달월, 4획), 총획 13획.
案 : 눈 안, 눈 불거질 은. 부수 目(눈 목, 5획), 총획 11획.

※ 복안(腹案) : 겉으로 드러내지 아니하고 마음속으로만 생각함. 또는 그런 생각.

예제 15 밑줄 친 단어의 한자 표기가 모두 옳은 것은?(2021 우정직) ☞ 교재 267쪽

① <u>의견수렴(意見收廉)</u>을 거쳐 우체국 <u>보험(保險)</u> 상품을 새로 시판했다.
② 예금주는 언제든지 예금거래 기본 <u>약관(約款)</u>의 <u>교부(交付)</u>를 청구할 수 있다.
③ 우정사업본부는 대한민국 <u>우편(郵便)</u>·금융의 <u>초석 역할(楚石役割)</u>을 하고 있다.
④ 변동금리를 적용하는 <u>거치식(据値式)</u> <u>예금(預金)</u>은 최초 거래 시 이율 적용 방법을 표시한다.

풀이 정답 ② 해제

約 : 맺을 약, 부절 요, 기러기발 적. 부수 糸(糸, 실사 변, 6획), 총획 9획.
款 : 항목 관, 정성 관. 부수 欠(하품 흠, 4획), 총획 12획.

交 : 사귈 교. 부수 亠(돼지해 머리, 2획). 총획 6획.
付 : 줄 부. 부수 亻(人, 사람인 변, 2획). 총획 5획.

예제 16 다음에 서술된 A사의 상황을 가장 적절하게 표현한 한자성어는?(2020년 지방직)

☞ 교재 267쪽

> 최근 출시된 A사의 신제품이 뜨거운 호응을 얻고 있다. 이번 신제품의 성공으로 A사는 B사에게 내주었던 업계 1위 자리를 탈환했다.

① 兎死狗烹　　　　　　② 捲土重來
③ 手不釋卷　　　　　　④ 我田引水

풀이 정답 ② 해제

捲 : 거둘 권, 말 권. 부수 扌(手, 재방 변, 3획). 총획 11획.
土 : 흙 토, 뿌리 두, 쓰레기 차. 부수 土(흙 토, 3획). 총획 3획.
重 : 무거울 중, 늦곡식 동, 아이 동. 부수 里(마을 리, 7획). 총획 9획.
來 : 올 래(내). 부수 人(亻, 사람 인, 2획). 총획 8획.

예제 17 밑줄 친 단어와 바꿔 쓸 수 있는 한자어로 가장 적절한 것은?(2020년 지방직)

☞ 교재 272쪽

① 그는 가수가 되려는 꿈을 <u>버리고</u> 직장을 구했다.
　　→ 遺棄하고
② 휴가철인 7 ~ 8월에 <u>버려지는</u> 반려견들이 가장 많다.
　　→ 根絶되는
③ 그는 집 앞에 몰래 쓰레기를 <u>버리고</u> 간 사람을 찾고 있다.
　　→ 投棄하고
④ 취직하려면 그녀는 우선 지각하는 습관을 <u>버려야</u> 할 것이다.
　　→ 抛棄해야

풀이 정답 ③ 해제

投 : 던질 투, 머무를 두, 두 번 빚은 술 두. 부수 扌(手, 재방 변, 3획). 총획 7획.
棄 : 버릴 기. 부수 木(나무 목, 4획). 총획 12획.

예제 18 ㉠ ~ ㉣의 한자 표기로 옳은 것은?(2020년 국가직) ☞ 교재 272쪽

> 과학사를 들춰 보면 기존의 학문 체계에 ㉠ 도전했다가 낭패를 본 인물들의
> 이야기를 자주 만날 수 있다. 대표적인 인물이 천동설을 부정하고 지동설을
> 주장한 갈릴레이다. 천동설을 ㉡ 지지하던 당시의 권력층은 그들의 막강한
> 힘을 이용하여 갈릴레이를 신의 권위에 도전하는 이단자로 욕하고 목숨까지
> 위협했다. 갈릴레이가 영원한 ㉢ 침묵을 ㉣ 맹세하지 않고 계속 지동설을 주
> 장했더라면 그는 단두대의 이슬로 사라졌을지도 모른다.

① ㉠ 逃戰　　　　　　　　② ㉡ 持地
③ ㉢ 浸黙　　　　　　　　④ ㉣ 盟誓

풀이 정답 ④ 해제

盟 : 맹세 맹 부수 皿(그릇 명, 5획). 총획 13획.
誓 : 맹세할 서. 부수 言(訁, 말씀 언, 7획). 총획 14획.

※ 맹서(盟誓) : '맹세'의 원말.

3) 모양에 주의할 한자[유사 한자] ☞ 교재 273쪽

예제 19 글의 통일성을 고려할 때 ㉠에 들어갈 문장으로 가장 적절한 것은?(2020년 국가직)
☞ 교재 284쪽

> 　기술 혁신의 상징으로 화려하게 등장한 이후 글로벌 아이콘이 됐던 소위 스
> 마트폰이 그 진화의 한계에 봉착한 듯하다. 게다가 최근 들어 중국 업체들의
> 성장세가 만만치 않은 상황이 펼쳐지고 있다. 이런 가운데 오랜 기간 스마트
> 폰 생산량의 수위를 지켜 왔던 기업들의 호시절도 끝난 분위기다. (　㉠　)
> 　그렇다면 스마트폰 이후 글로벌 주도 산업은 무엇일까. 첫손가락에 꼽히는
> 것은 페이스북, 아마존, 넷플릭스, 구글을 뜻하는 '팡(FANG)'이다. 모바일 퍼
> 스트 시대에서 소프트웨어, 플랫폼 사업에 눈뜬 기업들이다. 이들은 지난해
> 매출과 순이익이 크게 늘었으며 주가도 폭등했다. 하지만 이들이라고 영속
> 불멸하지는 않을 것이다.

① 온 국민이 절치부심(切齒腐心)하여 반성하지 않으면 안 된다.

② 정보 기술 업계의 권불십년(權不十年)이라 하지 않을 수 없다.

③ 다른 나라의 기업들을 보고 아전인수(我田引水)해야 할 때다.

④ 글로벌 위기의 내우외환(內憂外患)에 국가 간 협력이 절실하다.

풀이 정답 ② 해제

權 : 저울추 권, 권세 권, 떨기나무 관. 부수 木(나무 목, 4획). 총획 21획.

不 : 아닐 부, 아닐 불. 부수 一(한 일, 1획). 총획 4획.

十 : 열 십. 부수 十(열 십, 2획). 총획 2획.

年 : 해 년(연), 아첨할 녕(영). 부수 干(방패 간, 3획). 총획 6획.

4) 독음에 주의할 한자[발음이 어려운 한자] ☞ 교재 285쪽

예제 20 '降'은 '강(내리다)'과 '항(항복하다)'으로 읽힌다. '降'의 독음이 다른 하나는?(2020 지역인재) ☞ 교재 295쪽

① 降等   ② 投降

③ 降水量   ④ 昇降機

풀이 정답 ② 해제

投 : 던질 투, 머무를 두, 두 번 빚은 술 두. 부수 扌(手, 재방 변, 3획). 총획 7획.

降 : 내릴 강, 항복할 항. 부수 阝(阜, 좌부 변, 3획). 총획 9획.

5) 의미에 주의할 한자 ☞ 교재 295쪽

예제 21 ㉠ ~ ㉣의 한자 표기로 옳지 않은 것은?(2020 지역인재) ☞ 교재 297쪽

㉠사전의 문법 정보에는 ㉡전통적으로 표제항의 품사와 그 이하의 ㉢형태 정보가 ㉣표시된다.

① ㉠ 事典　　　　　② ㉡ 傳統

③ ㉢ 形態　　　　　④ ㉣ 標示

풀이　정답 ① 해제

事 : 일 사. 부수 亅(갈고리 궐, 1획). 총획 8획.

典 : 법 전. 부수 八(여덟 팔, 2획). 총획 8획.

辭 : 말씀 사. 부수 辛(매울 신, 7획). 총획 19획.

典 : 법 전. 부수 八(여덟 팔, 2획). 총획 8획.

※ 사전(事典) : 여러 가지 사항을 모아 일정한 순서로 배열하고 그 각각에 해설을 붙인 책.

예제 22　〈보기〉의 ㉠~㉢에 들어갈 알맞은 낱말끼리 짝지은 것은?　☞ 교재 298쪽

물속에 잠긴 막대기는 굽어 보이지만 실제로 굽은 것은 아니다. 이때 나무가 굽어 보이는 것은 우리의 착각 때문도 아니고 눈에 이상이 있기 때문도 아니다. 나무는 정말 굽어 보이는 것이다. 분명히 굽어 보인다는 점과 사실은 굽지 않았다는 점 사이의 (㉠)은 빛의 굴절 이론을 통해서 해명된다.

굽어 보이는 나무도 우리의 직접적 경험을 통해서 주어지는 하나의 현실이고, 실제로는 굽지 않은 나무도 하나의 현실이다. 전자를 우리는 사물이나 사태의 보임새, 즉 (㉡)이라고 부르고, 후자를 사물이나 사태의 참모습, 즉 (㉢)이라고 부른다.

	㉠	㉡	㉢
①	葛藤	現象	本質
②	葛藤	假象	根本
③	矛盾	現象	本質
④	矛盾	假象	根本

풀이　정답 ③ 해제

矛 : 창 모. 부수 矛(창 모, 5획). 총획 5획.

盾 : 방패 순, 사람 이름 돈, 벼슬 이름 윤. 부수 目(눈 목, 5획). 총획 9획.

現 : 나타날 현. 부수 ⺩ (玉, 구슬옥 변, 4획). 총획 11획.
象 : 코끼리 상. 부수 豕(돼지 시, 7획). 총획 12획.

本 : 근본 본, 달릴 분. 부수 木(나무 목, 4획). 총획 5획.
質 : 바탕 질, 폐백 지. 부수 貝(조개 패, 7획). 총획 15획.

08장

시사(時事) · 경제(經濟) 관련 한자어 학습

▣ 단원 설정의 취지

본 단원은 하나의 사회적 이슈에 대해 여러 입장을 가진 사설을 선별하여 그중 필수적인 한자어를 연습할 수 있도록 구성하였다. 시사·경제와 관련된 한자어를 학습하기 위한 목적을 지닌다.

그 밖에도 사회적 사건을 보는 여러 입장을 습득할 수 있다. 이러한 훈련 과정에서 학생들이 자신의 사고력을 향상시키는 능력 역시 함양시키고자 한다.

▣ 학습 목표

· 시사·경제 관련된 사설류 참고 자료를 독해한다.
· 제시되는 한자어의 의미를 이해하고 자신의 어휘로 습득한다.
· 우리말의 효과적인 구사를 위해서는 한자에 대한 상식이 필수적임을 이해한다.

▣ 지도 및 평가의 유의점

· 특정 한자에 집중하지 말고, 우리 사회의 이해와 관련된 정보에 쉽게 접근할 수 있도록 유도한다.
· 깊이 있는 내용 파악을 위해서는 한자어의 이해가 필수적임을 강조한다.
· 문맥에 따라 한자어를 이해하고, 스스로 체화할 수 있도록 지도한다.

■ 예제 해제

① 학습 목표

- 시사·경제 관련된 사설류 참고 자료를 독해한다.
- 제시되는 한자어의 의미를 이해하고 자신의 어휘로 습득한다.
- 우리말의 효과적인 구사를 위해서는 한자에 대한 상식이 필수적임을 이해한다.

② 지도 시 유의점

- 특정 한자에 집중하지 말고, 우리 사회의 이해와 관련된 정보에 쉽게 접근할 수 있도록 유도한다.
- 깊이 있는 내용 파악을 위해서는 한자어의 이해가 필수적임을 강조한다.
- 문맥에 따라 한자어를 이해하고, 스스로 체화할 수 있도록 지도한다.

③ 본문의 이해와 성찰

1. [경제] 금융자산 10억원 이상 부자 40만명

(서울신문, 2021. 11. 14) ☞ 교재 300쪽

해제 ①~⑩

주식

株 : 그루 주. 부수 木(나무 목, 4획), 총획 10획.

式 : 법 식. 부수 弋(주살 익, 3획), 총획 6획.

투자

投 : 던질 투, 머무를 두, 두 번 빚은 술 두. 부수 扌(재방 변, 3획), 총획 7획.

資 : 재물 자. 부수 貝(조개 패, 7획), 총획 13획.

금융

金 : 쇠 금, 성씨 김. 부수 金(쇠 금, 8획). 총획 8획.

融 : 녹을 융. 부수 虫(벌레 훼, 6획). 총획 16획.

금액

金 : 쇠 금, 성씨 김. 부수 金(쇠 금, 8획). 총획 8획.

額 : 이마 액. 부수 頁(页, 머리 혈, 9획). 총획 18획.

보험

保 : 지킬 보. 부수 亻(人, 사람인 변, 2획). 총획 9획.

險 : 험할 험, 검소할 검, 낭떠러지 암. 부수 阝(阜, 좌부 변, 3획). 총획 16획.

채권

債 : 빚 채. 부수 亻(人, 사람인 변, 2획). 총획 13획.

券 : 문서 권. 부수 刀(刂, 칼 도, 2획). 총획 8획.

수익

收 : 거둘 수. 부수 攵(攴, 등 글월문, 4획). 총획 6획.

益 : 더할 익, 넘칠 일. 부수 皿(그릇 명, 5획). 총획 10획.

부동산

不 : 아닐 부, 아닐 불. 부수 一(한 일, 1획). 총획 4획.

動 : 움직일 동. 부수 力(힘 력, 2획). 총획 11획.

産 : 낳을 산. 부수 生(날 생, 5획). 총획 11획.

화폐

貨 : 재물 화. 부수 貝(조개 패, 7획), 총획 11획.

幣 : 화폐 폐. 부수 巾(수건 건, 3획), 총획 14획.

증여

贈 : 줄 증. 부수 貝(조개 패, 7획). 총획 19획.

與 : 더불 여, 줄 여. 부수 臼(臼, 절구구 변, 7획). 총획 14획.

* 증여(贈與) : 1. 물품 따위를 선물로 줌. 2. (법률) 당사자의 일방이 자기의 재산을 무상으로 상대편에게 줄 의사를 표시하고 상대편이 이를 승낙함으로써 성립하는 계약.

2. [경제] 조직문화 파괴하는 '나르시시스트 리더' 퇴출시켜라

(동아일보, 2021. 11. 17) ☞ 교재 302쪽

해제 ①~⑩

조직

組 : 짤 조. 부수 糹(糸, 실사 변, 6획). 총획 11획.

織 : 짤 직, 기치 치. 부수 糹(糸, 실사 변, 6획). 총획 18획.

혁신

革 : 가죽 혁, 중해질 극. 부수 革(가죽 혁, 9획). 총획 9획.

新 : 새 신. 부수 斤(날 근, 4획). 총획 13획.

선호

選 : 가릴 선. 부수 辶(辵, 辶, 책 받침, 4획). 총획 16획.

好 : 좋을 호. 부수 女(여자 녀, 3획). 총획 6획.

성과

成 : 이룰 성. 부수 戈(창 과, 4획). 총획 6획.

果 : 실과 과, 시중들 와, 벗을 라(나), 강신제 관. 부수 木(나무 목, 4획). 총획 8획.

부하

部 : 떼 부, 거느릴 부. 부수 阝(邑, 우부 방, 3획). 총획 11획.

下 : 아래 하. 부수 一(한 일, 1획). 총획 3획.

직원

職 : 직분 직. 부수 耳(귀 이, 6획). 총획 18획.

員 : 인원 원, 더할 운. 부수 口(입 구, 3획). 총획 10획.

전체

全 : 온전할 전. 부수 入(들 입, 2획). 총획 6획.

體 : 몸 체. 부수 骨(뼈 골, 10획). 총획 23획.

간과

看 : 볼 간. 부수 目(눈 목, 5획). 총획 9획.

過 : 지날 과, 재앙 화. 부수 辶(辵, 辶, 책 받침, 4획). 총획 13획.

※ 간과(看過) : 큰 관심 없이 대강 보아 넘김.

파괴

破 : 깨뜨릴 파. 부수 石(돌 석, 5획). 총획 10획.

壞 : 무너질 괴, 앓을 회. 부수 土(흙 토, 3획). 총획 19획.

장악

掌 : 손바닥 장. 부수 手(扌, 손 수, 4획). 총획 12획.

握 : 쥘 악, 악수 우. 부수 扌(手, 재방 변, 3획). 총획 12획.

3. [경제] 기업들 파격 인사혁신, 사회전반에 긍정효과 확산되길

(한국경제, 2021. 12. 1) ☞ 교재 304쪽

해제 ①~⑩

총수
總 : 다 총, 합할 총. 부수 糸(糹, 실 사, 6획). 총획 17획.
帥 : 장수 수, 거느릴 솔. 부수 巾(수건 건, 3획). 총획 9획.

인사
人 : 사람 인. 부수 人(亻, 사람 인, 2획). 총획 2획.
事 : 일 사. 부수 亅(갈고리 궐, 1획), 총획 8획.

승진
昇 : 오를 승. 부수 日(날 일, 4획). 총획 8획.
進 : 나아갈 진, 선사 신. 부수 辶(辵, 辶, 책 받침, 4획). 총획 12획.

조직
組 : 짤 조. 부수 糸(糹, 실사 변, 6획). 총획 11획.
織 : 짤 직, 기치 치. 부수 糸(糹, 실사 변, 6획). 총획 18획.

도입
導 : 인도할 도. 부수 寸(마디 촌, 3획). 총획 16획.
入 : 들 입. 부수 入(들 입, 2획). 총획 2획.

고용
雇 : 품 팔 고, 뻐꾸기 호. 부수 隹(새 추, 8획). 총획 12획.
用 : 쓸 용. 부수 用(쓸 용, 5획). 총획 5획.

서열

序 : 차례 서. 부수 广(엄 호, 3획). 총획 7획.

列 : 벌일 렬(열), 동류 례(예). 부수 刂(刀, ⺈, 선칼도 방, 2획). 총획 6획.

혁파

革 : 가죽 혁, 중해질 극. 부수 革(가죽 혁, 9획). 총획 9획.

罷 : 마칠 파, 고달플 피, 가를 벽. 부수 罒(网, ⺳, 皿, 그물망 머리, 5획). 총획 15획.

방증

傍 : 곁 방. 부수 亻(人, 사람인 변, 2획). 총획 12획.

證 : 증거 증. 부수 言(말씀 언, 7획). 총획 19획.

※ 방증(傍證) : 사실을 직접 증명할 수 있는 증거가 되지는 않지만, 주변의 상황을 밝힘으로써
    간접적으로 증명에 도움을 줌. 또는 그 증거.

계기

契 : 맺을 계, 애쓸 결, 부족 이름 글, 사람 이름 설. 부수 大(큰 대, 3획). 총획 9획.

機 : 틀 기. 부수 木(나무 목, 4획). 총획 16획.

4. [경제] 유명인과 명품 (파이낸셜뉴스, 2021. 12. 1) ☞ 교재 306쪽

해제 ①~⑩

정의

定 : 정할 정, 이마 정. 부수 宀(갓 머리, 3획). 총획 8획.

義 : 옳을 의. 부수 ⺶(羊, 羋, 양 양, 6획). 총획 13획.

유혹

誘 : 꾈 유. 부수 言(말씀 언, 7획). 총획 14획.

惑 : 미혹할 혹. 부수 心(忄, 㣺, 마음 심, 4획). 총획 12획.

등급

等 : 무리 등. 부수 ⺮(竹, 대 죽, 6획). 총획 12획.

級 : 등급 급. 부수 糹(糸, 실사 변, 6획). 총획 10획.

분류

分 : 나눌 분, 푼 푼. 부수 刀(刂, 칼 도, 2획). 총획 4획.

類 : 무리 류(유), 치우칠 뢰(뇌). 부수 頁(页, 머리 혈, 9획). 총획 19획.

최고

最 : 가장 최, 집을 촬. 부수 曰(가로 왈, 4획). 총획 12획.

高 : 높을 고. 부수 高(높을 고, 10획). 총획 10획.

선정

選 : 가릴 선. 부수 辶(辵, 辶, 책 받침, 4획). 총획 16획.

定 : 정할 정, 이마 정. 부수 宀(갓 머리, 3획). 총획 8획.

※ 선정(選定) : 여럿 가운데서 어떤 것을 뽑아 정함.

상담

相 : 서로 상, 빌 양. 부수 目(눈 목, 5획). 총획 9획.

談 : 말씀 담. 부수 言(말씀 언, 7획). 총획 15획.

논란

論 : 논할 론(논), 조리 륜(윤). 부수 言(말씀 언, 7획). 총획 15획.

難 : 어려울 난, 우거질 나. 부수 隹(새 추, 8획). 총획 19획.

주장

主 : 임금 주, 주인 주, 심지 주. 부수 丶(점 주, 1획). 총획 5획.

張 : 베풀 장, 배 부를 창. 부수 弓(활 궁, 3획). 총획 11획.

해명

解 : 풀 해. 부수 角(뿔 각, 7획). 총획 13획.

明 : 밝을 명, 땅 이름 맹. 부수 日(날 일, 4획). 총획 8획.

5. [경제] 토지 공개념과 개발이익 공공환원 (경향신문, 2021. 11. 17)

☞ 교재 308쪽

해제 ①~⑩

권리

權 : 저울추 권, 권세 권, 떨기나무 관. 부수 木(나무 목, 4획). 총획 21획.

利 : 이로울 리(이). 부수 刂(刀, 刀, 선칼도 방, 2획). 총획 7획.

노동

勞 : 일할 로(노). 부수 力(힘 력, 2획). 총획 12획.

動 : 움직일 동. 부수 力(힘 력, 2획). 총획 11획.

분업

分 : 나눌 분, 푼 푼. 부수 刀(刂, 칼 도, 2획). 총획 4획.

業 : 업 업. 부수 木(나무 목, 4획). 총획 13획.

사적

私 : 사사 사. 부수 禾(벼 화, 5획). 총획 7획.

的 : 과녁 적, 밝을 적. 부수 白(흰 백, 5획). 총획 8획.

소유권

所 : 바 소. 부수 戶(戶, 지게 호, 4획). 총획 8획.

有 : 있을 유. 부수 月(달 월, 4획), 총획 6획.

權 : 저울추 권, 권세 권, 떨기나무 관. 부수 木(나무 목, 4획). 총획 21획.

단위

單 : 홑 단, 오랑캐 이름 선. 부수 口(입 구, 3획). 총획 12획.

位 : 자리 위, 임할 리(이). 부수 亻(人, 사람인 변, 2획). 총획 7획.

효용

效 : 본받을 효. 부수 攵(攴, 등 글월문, 4획). 총획 10획.

用 : 쓸 용. 부수 用(쓸 용, 5획). 총획 5획.

투기

投 : 던질 투, 머무를 두, 두 번 빚은 술 두. 부수 扌(手, 재방 변, 3획). 총획 7획.

機 : 틀 기. 부수 木(나무 목, 4획). 총획 16획.

※ 투기(投機) : 1. 기회를 틈타 큰 이익을 보려고 함. 또는 그 일. 2. (경제) 시세 변동을 예상하
여 차익을 얻기 위하여 하는 매매 거래.

개발

開 : 열 개. 부수 門(문 문, 8획). 총획 12획.

發 : 필 발. 부수 癶(필발 머리, 5획). 총획 12획.

6. [시사] 일본 '평화의 소녀상' 전시, 폭력에 굴복 말아야

(한겨레, 2021. 7. 12) ☞ 교재 310쪽

해제 ①~⑩

표현
表 : 겉 표, 시계 표. 부수 衣(衣, 衤, 옷 의, 4획). 총획 8획.
現 : 나타날 현. 부수 王(玉. 구슬옥 변, 4획). 총획 11획.

전시
展 : 펼 전. 부수 尸(주검시 엄, 3획). 총획 10획.
示 : 보일 시, 땅귀신 기, 둘 치. 부수 示(衤, 보일 시, 5획). 총획 5획.

법원
法 : 법 법. 부수 氵(水, 삼수 변, 3획). 총획 8획.
院 : 집 원. 부수 阝(阜, 좌부 변, 3획). 총획 10획.

혼란
混 : 섞을 혼, 오랑캐 곤. 부수 氵(水, 삼수 변, 3획). 총획 11획.
亂 : 어지러울 란(난). 부수 乚(乙, 乚 (새 을, 1획). 총획 13획.

굴복
屈 : 굽힐 굴, 옷 이름 궐. 부수 尸(주검시 엄, 3획). 총획 8획.
伏 : 엎드릴 복, 안을 부. 부수 亻(人, 사람인 변, 2획). 총획 6획.

협박
脅 : 위협할 협, 겨드랑이 협. 부수 月(肉, 육 달월, 4획). 총획 10획.
迫 : 핍박할 박. 부수 辶(辵, 辶, 책 받침, 4획). 총획 9획.

항의

抗 : 겨룰 항, 들어올려 멜 강. 부수 扌(手, 재방 변, 3획). 총획 7획.

議 : 의논할 의. 부수 言(訁, 말씀 언, 7획). 총획 20획.

당국

當 : 마땅 당. 부수 田(밭 전, 5획). 총획 13획.

局 : 판 국. 부수 尸(주검시 엄, 3획). 총획 7획.

※ 당국(當局) : 1. 어떤 일을 직접 맡아 하는 기관. 2. 어떤 일을 직접 맡아보고 있음.

폭력

暴 : 사나울 폭, 쬘 폭, 사나울 포, 앙상할 박. 부수 日(날 일, 4획). 총획 15획.

力 : 힘 력(역). 부수 力(힘 력, 2획). 총획 2획.

승인

承 : 이을 승, 구원할 증, 징계할 징. 부수 手(扌, 손 수, 4획). 총획 8획.

認 : 알 인, 적을 잉. 부수 言(訁, 말씀 언, 7획). 총획 14획.

7. [시사] 고독사 예방, 다른 나라들은? (한겨레, 2018. 3. 4)

☞ 교재 312쪽

해제 ①~⑩

고립

孤 : 외로울 고. 부수 子(아들 자, 3획). 총획 8획.

立 : 설 립(입), 자리 위. 부수 立(설 립, 5획). 총획 5획.

보도

報 : 갚을 보, 알릴 보, 빨리 부. 부수 土(흙 토, 3획). 총획 12획.

道 : 길 도. 부수 辶(辵, 辶, 책 받침, 4획), 총획 13획.

※ 보도(報道) : 대중 전달 매체를 통하여 일반 사람들에게 새로운 소식을 알림. 또는 그 소식.

예방

豫 : 미리 예, 펼 서, 학교 이름 사. 부수 豕(돼지 시, 7획). 총획 16획.

防 : 막을 방. 부수 阝(阜, 좌부 변, 3획). 총획 7획.

독거

獨 : 홀로 독. 부수 犭(犬, 개사슴록 변, 3획). 총획 16획.

居 : 살 거, 어조사 기. 부수 尸(주검시 엄, 3획). 총획 8획.

유발

誘 : 꾈 유. 부수 言(말씀 언, 7획). 총획 14획.

發 : 필 발. 부수 癶(필발 머리, 5획). 총획 12획.

방문

訪 : 찾을 방. 부수 言(말씀 언, 7획). 총획 11획.

問 : 물을 문. 부수 口(입 구, 3획). 총획 11획.

원격

遠 : 멀 원. 부수 辶(辵, 辶, 책 받침, 4획). 총획 14획.

隔 : 사이 뜰 격. 부수 阝(阜, 좌부 변, 3획). 총획 13획.

대책

對 : 대할 대. 부수 寸(마디 촌, 3획). 총획 14획.

策 : 꾀 책, 채찍 책. 부수 ⺮(竹, 대 죽, 6획). 총획 12획.

단절

斷 : 끊을 단. 부수 斤(날 근, 4획). 총획 18획.

切 : 끊을 절, 온통 체. 부수 刀(刂, 칼 도, 2획). 총획 4획.

교류

交 : 사귈 교. 부수 亠(돼지해 머리, 2획). 총획 6획.

流 : 흐를 류(유). 부수 氵(水, 삼수 변, 3획). 총획 10획.

8. [시사] 싱크홀, 국내 발생 원인과 대처 (케미컬뉴스, 2021. 9. 1)

☞ 교재 314쪽

해제 ①~⑩

탄산

炭 : 숯 탄. 부수 火(灬, 불 화, 4획). 총획 9획.

酸 : 실 산. 부수 酉(닭 유, 7획). 총획 14획.

※ 탄산(炭酸) : 이산화탄소가 물에 녹아서 생기는 약한 산(酸).

용해

溶 : 녹을 용. 부수 氵(水, 삼수 변, 3획). 총획 13획.

解 : 풀 해. 부수 角(뿔 각, 7획). 총획 13획.

침윤

浸 : 잠길 침. 부수 氵(水, 삼수 변, 3획). 총획 10획.

潤 : 불을 윤, 윤택할 윤. 부수 氵(水, 삼수 변, 3획). 총획 15획.

※ 침윤(浸潤) : 1. 수분이 스며들어 젖음. 2. 사상이나 분위기 따위가 사람들에게 번져 나감.

함유

含 : 머금을 함. 부수 口(입 구, 3획). 총획 7획.

有 : 있을 유. 부수 月(달 월, 4획), 총획 6획.

갱도

坑 : 구덩이 갱, 산등성이 강, 구들 항. 부수 土(흙 토, 3획). 총획 7획.

道 : 길 도. 부수 辶(辵, 辶, 책 받침, 4획), 총획 13획.

분포

分 : 나눌 분, 푼 푼. 부수 刀(刂, 칼 도, 2획). 총획 4획.

布 : 베 포, 펼 포, 보시 보. 부수 巾(수건 건, 3획). 총획 5획.

폐광

廢 : 폐할 폐, 버릴 폐. 부수 广(엄호, 3획). 총획 15획.

鑛 : 쇳돌 광. 부수 金(쇠 금, 8획). 총획 23획.

붕괴

崩 : 무너질 붕. 부수 山(뫼 산, 3획). 총획 11획.

壞 : 무너질 괴, 앓을 회. 부수 土(흙 토, 3획). 총획 19획.

추정

推 : 밀 추, 밀 퇴. 부수 扌(手, 재방 변, 3획). 총획 11획.

定 : 정할 정, 이마 정. 부수 宀(갓 머리, 3획). 총획 8획.

정원

庭 : 뜰 정. 부수 广(엄호, 3획). 총획 10획.

園 : 동산 원. 부수 囗(큰입구 몸, 3획). 총획 13획.

9. [시사] 폭력없는 평화로운 교실만들기

(안전Dream 아동·여성·장애인 경찰지원센터 홈페이지) ☞ 교재 316쪽

해제 ①~⑩

상해

傷 : 다칠 상. 부수 亻(人, 사람인 변, 2획). 총획 13획.

害 : 해할 해, 어느 할, 어찌 아니할 갈. 부수 宀(갓 머리, 3획). 총획 10획.

※ 상해(傷害) : 1. 남의 몸에 상처를 내어 해를 끼침. 2. (법률) 사람의 생리적 기능에 장해를 주는 일. 대체로 폭행을 수단으로 하나, 변질한 음식을 먹여 설사를 하게 한 경우 따위도 이에 해당한다.

음란

淫 : 음란할 음, 장마 음, 요수 요, 강 이름 염. 부수 氵(水, 삼수 변, 3획). 총획 11획.

亂 : 어지러울 란(난). 부수 乚(乙, 乚, 새 을, 1획). 총획 13획.

※ 음란(淫亂) : 음탕하고 난잡함.

특정

特 : 특별할 특, 수컷 특. 부수 牜(牛, 소 우, 4획). 총획 10획.

定 : 정할 정, 이마 정. 부수 宀(갓 머리, 3획). 총획 8획.

고통

苦 : 쓸 고, 땅 이름 호. 부수 艹(艸, 초두 머리, 3획). 총획 8획.

痛 : 아플 통. 부수 疒(병질 엄, 5획). 총획 12.

정부

政 : 정사 정, 칠 정. 부수 攵(攴, 등 글월문, 4획). 총획 9획.

府 : 마을 부. 부수 广(엄호, 3획). 총획 8획.

선도

善 : 善 : 착할 선. 부수 口(입 구, 3획), 총획 12획.

導 : 인도할 도. 부수 寸(마디 촌, 3획). 총획 16획.

가해

加 : 더할 가. 부수 力(힘 력, 2획). 총획 5획.

害 : 해할 해, 어느 할, 어찌 아니할 갈. 부수 宀(갓 머리, 3획). 총획 10획.

수사

搜 : 찾을 수, 어지러울 소. 부수 扌(手, 재방 변, 3획). 총획 12획.

査 : 조사할 사. 부수 木(나무 목, 4획). 총획 9획.

비방

誹 : 헐뜯을 비. 부수 言(말씀 언, 7획). 총획 15획.

謗 : 헐뜯을 방. 부수 言(말씀 언, 7획). 총획 17획.

수치심

羞 : 부끄러울 수. 부수 ⺷(羊, 丷, 양 양, 6획). 총획 11획.

恥 : 부끄러울 치. 부수 心(忄, 㣺, 마음 심, 4획). 총획 10획.

心 : 마음 심. 부수 心(忄, 㣺, 마음 심, 4획). 총획 4획.

10. [시사] 언론사 징벌적 손해배상 소송, 언론자유 침해 없도록 해야

(경향신문, 2021. 2. 9) ☞ 교재 318쪽

해제 ①~⑩

피해

被 : 입을 피. 부수 衤(衣, 𧘇, 옷의 변, 5획). 총획 10획.

害 : 해할 해, 어느 할, 어찌 아니할 갈. 부수 宀(갓 머리, 3획). 총획 10획.

배상

賠 : 물어줄 배. 부수 貝(조개 패, 7획). 총획 15획.

償 : 갚을 상. 부수 亻(人, 사람인 변, 2획). 총획 17획.

징벌

懲 : 징계할 징. 부수 心(忄, 㣺, 마음 심, 4획). 총획 19획.

罰 : 벌할 벌. 부수 罒(网, 罓, 㓁, 四, 皿, 그물망 머리, 5획). 총획 14획.

미진

未 : 아닐 미. 부수 木(나무 목, 4획). 총획 5획.

盡 : 다할 진. 부수 皿(그릇 명, 5획). 총획 14획.

악의

惡 : 악할 악, 미워할 오. 부수 心(忄, 㣺, 마음 심, 4획). 총획 12획.

意 : 뜻 의, 기억할 억, 한숨 쉴 희. 부수 心(忄, 㣺, 마음 심, 4획). 총획 13획.

폐해

弊 : 폐단 폐, 해질 폐, 뒤섞일 발. 부수 廾(스물입 발, 3획). 총획 14획.

害 : 해할 해, 어느 할, 어찌 아니할 갈. 부수 宀(갓 머리, 3획). 총획 10획.

면역

免 : 면할 면, 해산할 문. 부수 儿(어진사람인 발, 2획). 총획 7획.

疫 : 전염병 역. 부수 疒(병질 엄, 5획). 총획 9획.

검증

檢 : 검사할 검. 부수 木(나무 목, 4획). 총획 17획.

證 : 증거 증. 부수 言(말씀 언, 7획). 총획 19획.

장악

掌 : 손바닥 장. 부수 手(扌, 손 수, 4획). 총획 12획.

握 : 쥘 악, 악수 우. 부수 扌(手, 재방 변, 3획). 총획 12획.

※ 장악(掌握) : 손안에 잡아 쥔다는 뜻으로, 무엇을 마음대로 할 수 있게 됨을 이르는 말.

수반

隨 : 따를 수, 게으를 타. 부수 阝(阜, 좌부 변, 3획). 총획 16획.

伴 : 짝 반. 부수 亻(人, 사람인 변, 2획). 총획 7획.

※ 수반(隨伴) : 1. 붙좇아서 따름. 2. 어떤 일과 더불어 생김.

11. [문화] 거대한 100년, 김수영 − 전통 (한겨레, 2021. 8. 2) ☞ 교재 320쪽

해제 ①~⑩

범주

範 : 법 범. 부수 ⺮(竹, 대 죽, 6획). 총획 15획.

疇 : 이랑 주, 누구 주. 부수 田(밭 전, 5획). 총획 19획.

※ 범주(範疇) : 동일한 성질을 가진 부류나 범위.

자유

自 : 스스로 자. 부수 自(스스로 자, 6획). 총획 6획.

由 : 말미암을 유, 여자의 웃는 모양 요. 부수 田(밭 전, 5획). 총획 5획.

혁명

革 : 가죽 혁, 중해질 극. 부수 革(가죽 혁, 9획). 총획 9획.

命 : 목숨 명. 부수 口(입 구, 3획). 총획 8획.

체화

體 : 몸 체. 부수 骨(뼈 골, 10획). 총획 23획.

化 : 될 화, 잘못 와. 부수 匕(비수 비, 2획). 총획 4획.

※ 체화(體化) : 1. 물체로 변화함. 또는 물체로 변화하게 함. 2. 생각, 사상, 이론 따위가 몸에 배어서 자기 것이 됨.

민중

民 : 백성 민, 잠잘 면. 부수 氏(각시 씨, 4획). 총획 5획.

衆 : 무리 중. 부수 血(피 혈, 6획). 총획 12획.

문명

文 : 글월 문. 부수 文(글월 문, 4획). 총획 4획.

明 : 밝을 명, 땅 이름 맹. 부수 日(날 일, 4획). 총획 8획.

단서

端 : 끝 단, 헐떡일 천, 홀 전. 부수 立(설 립, 5획). 총획 14획.

緖 : 실마리 서, 나머지 사. 부수 糹(糸, 실사 변, 6획). 총획 15획.

지평

地 : 땅 지. 부수 土(흙 토, 3획). 총획 6획.

平 : 평평할 평, 다스릴 편. 부수 干(방패 간, 3획). 총획 5획.

※ 지평(地平) : 1. 대지의 편평한 면. 2. 편평한 대지의 끝과 하늘이 맞닿아 경계를 이루는 선. 3. 사물의 전망이나 가능성 따위를 비유적으로 이르는 말.

신뢰

信 : 믿을 신. 부수 亻(人, 사람인 변, 2획). 총획 9획.

賴 : 의뢰할 뢰(뇌). 부수 貝(조개 패, 7획). 총획 16획

미덕

美 : 아름다울 미. 부수 ⺶(羊, ⺷, 양 양, 6획). 총획 9획.

德 : 클 덕, 덕 덕. 부수 彳(두인 변, 3획). 총획 15획.

■ 참고문헌

<네이버 한자사전>(https://hanja.dict.naver.com)

<디지털 한자사전 e-한자>(http://www.e-hanja.kr)

<위키백과>(https://ko.wikipedia.org)

<표준국어대사전>(https://stdict.korean.go.kr)

<한국고전종합DB>(https://db.itkc.or.kr/)

김언종, 『한자의 뿌리』 1·2, 문학동네, 2001.

김태준, 『조선 한문학사』, 조선어문학회, 1931.

서수생, 「고대 한문학 연구」, 『성산 이재수 박사 환력 기념 논문집』, 1972.

성백효 역, 『현토완역 논어집주』, 전통문화연구회, 2010.

성백효 역, 『현토완역 맹자집주』, 전통문화연구회, 2010.

이 익, 김대중 편, 『나는 모든 것을 알고 싶다』, 돌베개, 2010.

정약용, 박혜숙 편, 『다산의 마음』, 돌베개, 2008.

조동일, 『한국문학통사』 1, 지식산업사, 1982.

조동일 외, 『한국문학강의』, 길벗, 1994.

추 적, 백선혜 역, 『명심보감』, 홍익, 2019.

최진석, 『노자의 목소리로 듣는 도덕경』, 소나무, 2001.

한국고전신서편찬회 편, 『고사성어』, 홍신문화사, 2007.

생활과 한문 2판 교수자 안내서

초판 1쇄 인쇄 | 2023년 11월 15일
초판 1쇄 발행 | 2023년 11월 20일

지은이 | 남기택 · 박상익 · 정기선 · 최도식
펴낸이 | 조승식
펴낸곳 | (주)도서출판 북스힐

등 록 | 1998년 7월 28일 제22-457호
주 소 | 서울시 강북구 한천로 153길 17
전 화 | (02) 994-0071
팩 스 | (02) 994-0073

홈페이지 | www.bookshill.com
이메일 | bookshill@bookshill.com

정가 12,000원
ISBN 979-11-5971-550-1